今度は絶対に邪魔しませんっ!

5

空谷玲奈
Reina Soratani

イラスト はるかわ陽
Haru Harukawa

登場人物紹介
メアリージュン
・ヴァーハン
ヴァーハン家次女。ヴィオレットの異母妹でタンザナイト学園一年生。
マリン
ヴィオレットに仕えるメイド。
ヴィオレット
・レム・ヴァーハン
ヴァーハン公爵家の長女。異母妹を殺害しようとした罪で投獄された所で時間が巻き戻った。タンザナイト学園二年生
ロゼット
・メーガン
隣国リトスの姫で、タンザナイト学園二年生。

クローディア
・アクルシス
ジュラリア王国第一王子で次期国王と言われている。タンザナイト学園三年で生徒会長。

ミラニア
・デオール
タンザナイト学園三年で、生徒会副会長。クローディアの親友。
ユラン
・クグルス
ヴィオレットの幼馴染。王族の分家で国の宰相の息子。タンザナイト学園一年。
ギア
・フォルト
シーナ国の王子で、ユランの中等部からの友人でありクラスメイト。

Contents

191. 次にあなたを捨てました ── 006
192. 最後のさよなら ── 014
193. 平和の一歩には大袈裟だけど ── 020
194. 僕らの世界の大団円 ── 024
195. 獣の王子 ── 030
196. 頂点捕食者 ── 036
197. 国家の話 ── 042
198. 切り札 ── 046
199. 『一年』 ── 050
200. 求愛 ── 058
201. あの日の義理立て ── 068
202. 新居へ ── 076
203. 宝石箱 ── 082
204. 宝石の行方 ── 088
205. 一年と一年 ── 092
206. 決意一つ ── 098
207. 今度は、誰にも ── 104
ありふれた一日の話 ── 110
変化した様でしていない生活の話 ── 116
これでも一応、恋の話 ── 124
そしてそれは廻《まわ》る ── 136

第一話　重ねた日を指折り数えて ―― 144
第二話　不変の庭 ―― 152
第三話　喝采を ―― 158
第四話　金色 ―― 164
第五話　王の隣に並ぶ者 ―― 168
第六話　妄執の果て ―― 174
第七話　情は通わぬ ―― 182
第八話　かつてのガラクタ ―― 186
第九話　時代を担う ―― 192
第十話　甘やかな毒 ―― 196
第十一話　愛しの ―― 200
第十二話　自由 ―― 204
第十三話　愛の矛先 ―― 208
第十四話　レモネード ―― 214
第十五話　雪解けを見た ―― 218
第十六話　ブルースターの花束 ―― 226
beloved loss ―― 232
elena fiction ―― 246
old junk ―― 262
mary journal ―― 270
Victim ―― 276

191．次にあなたを捨てました

マリンが持って来てくれたホットミルクで体を内から温めて、重い息を吐き出して肩の力を抜く。時間にして三十分も経《た》っていないが、長居したくないのは共通意識だ。空になったカップを置くと、ゆっくりと立ち上がって自室をキョロキョロと見渡した。

「大きい物は指示だけしてくれれば後で運び出させるから、今日持って帰りたい物だけ詰めてね」

「持ち帰りたい物……」

この部屋に戻らなくなってそれなりの時間は経っているが、特に何か変化している様子は無い。
個性の反映されていないインテリア。可愛《かわい》い小物で飾る訳でも無く、写真一つ見当たらない。ヴィオレットの匂いはするのに、気配《けはい》が欠片《かけら》も染み付いていない。言われなければ誰が住んでいるのか分からないくらいに、住人の生活感が希薄だ。

「あ」

ぼんやりと室内を眺めていたヴィオレットが、何かを思い出した様に足早にクローゼットへと向かう。服かアクセサリーか、持ち出したい物でも思い付いたのだろうと、ユランはその場で待機していた。男の自分が赴くには場所が場所、マリンに預けた旅行鞄《かばん》に詰めるまで、視線を外すか席を立つかした方が良いだろうか。

「ユラン」
「ん？」

不自然にならない程度に顔を背けていたが、戻って来たヴィオレットは気にする様子も無く名を呼んだ。チラリと視線を向けたら、特に衣類らしき物は抱えていない。ならばアクセサリーかと、半身にしていた身体《からだ》ごと向き合って。

さっきまでの蒼白《そうはく》なヴィオレットとは違って、ほんのりピンクに染まった頬が嬉《うれ》しそうに緩んでいる。

「大切な物、あった？」

「ええ。これ、覚えてるかしら」

大切そうに包んでいた両手を開いて、懐かしそうに微笑《ほほえ》んだ。ヴィオレットの掌《てのひら》に収まる透明な袋。その中にしまわれた思い出は、年月で色褪《いろあ》せてしまっているけれど、当時の形そのままを保《たも》っていた。

「これ……」

「ユランがくれたクリスマスプレゼント。マリンに頼んで隠して貰っていたの」

幼いユランが自分で作った、色味の足りないクリスマスリース。

覚えている、意気揚々と渡しはしたが、出来栄えは酷《ひど》いものだったから。色も大きさも売り物とは比べ物にならないし、ラッピング用のリボンが足りなくてプレゼントとしての見栄えすら整わなかった。

ヴィオレットが嬉しそうにしてくれたから、その時は満足していたけれど、後になる程自分の幼さを恥じて後悔したものだ。

「クローゼットを漁《あさ》られていなくて良かった……隠し場所はマリンしか知らなかったし、私も偶然知ったくらいなの」

ナイロンの表面を撫《な》でて、思い出した様に目を細める。その脳内に浮かんでいるのはユランからプレゼントされた時の事か、それとも偶然見付けた時の事か。どちらでも良い、そんな風に見つめるくらいに嬉しいと思ってくれた事の方が重要で。

「絶対取り戻したかったから、見付かって良かった」

飛び出した日に部屋中をひっくり返されていてもおかしくなかった。正直、今日来るまでヴィオレットは最悪の想像しかしていなかったのだ。クローゼットの引き出しの奥ならばと、微《かす》かな希望を抱いてはいたけれど。

実際、ヴィオレットの想像は正しいのだけれど。父の暴挙を止めたシスイが居なければ、強盗にでもあったかの様に荒らされた後で一切合切捨てられ、物置にでもされていた。シスイのクビを知らないヴィオレットには伝えられていないが、わざわざいやな事実を教える必要も無いだろう。

「……持っててくれたんだ」

捨てられるだろうと思って渡した物だった。ヴィオレットは大切にしてくれても、その他の要因がこの家には多過ぎる。特に当時はまだベルローズも生きていて、ヴィオレットはオールドの幼少期に生き写しだった。

「まさかこんな再会の仕方するとはなぁ……やっぱり下手《へた》だね、結び目とか酷いや」
「ふふ……しまい込むしか出来なかったけれど、おかげで綺麗《きれい》なままだわ」
「俺的には恥ずかしいよー」

ぷくんと頬を膨らませるユランに、くすくすと笑うヴィオレットはお姉さん然としている。随分と持ち直した姿に安心はするが、まだここは敵地同然。優しい思い出話に花を咲かせるのは帰宅してからでも遅くない。

「ヴィオちゃん、それだけで良いの？」

「ええ、前にシスイ達が集めてくれた分と、これ以外に大事な物はないから」

「なら良いけど……」

「あ、でも宝石は持って行かないと」

「宝石？」

「友人とお揃《そろ》いの物を作るのだけれど、今の私は無一文みたいなものだから」


元々いくつか宝石を売って資金の足しにするつもりではあったが、現状ヴィオレットに自由に出来る金銭は皆無。無一文で出て行ってそのまま婚約したヴィオレットに施《ほどこ》しは無い、この家では、絶対に。

ただでさえユランに全面的に頼っている状態なのだから、個人的な約束くらいは自分で何とかしたい。宝石類に関しては全て亡き母から受け継いだ物なので、本来なら嫁入り道具として持って行くべき所なのだが。

「私は、要らないもの」

母の形見の宝石達。何重にもなったネックレス、太くて重いブレスレット、大きな石の付いた指輪。どれもギラギラと輝き、その存在を主張するけれど。

まるで首輪の様で、手枷《てかせ》の様で、束縛で。

美しいはずの装飾品が、どれもこれも拘束の様に感じた。父も似た様な事を思っていたから、母の持ち物に関しては全部ヴィオレットへと流したのだろう。夫婦二人で揃えたはずの指輪でさえ、二つケースに並んだままクローゼットの何処《どこ》かに眠っている。

「この家も……母も、要らないから」

192．最後のさよなら

捨てる決心なんて大袈裟《おおげさ》なものでは無い。そもそも先に捨てられたのはヴィオレットの方なのだから、これはただの気持ちの問題だ。お前らが私を捨てるなら、私もお前らを捨ててやる、と。

「今日が最後……もう二度と、この家の敷居を跨ぐ事は無いわ。絶対に、戻っては来ない」

いつか、なんて夢はもう見ない。いつか分かり合えるなんて、許せるなんて、愛せるなんて、思わない。そんな日は来させない。ヴィオレットはヴァーハンの名を捨てたのだ。捨てた先で、愛する人の手を取った。

「全部全部、ユランのおかげ。こんな日がくるなんて、夢にも思っていなかった」

息がし易《やす》い、それだけの事が、こんなにも尊い。この部屋に閉じ籠る以外に身の守り方を知らなかった、ベッドの上で丸くなっている事しか出来なかった、そんな日々が遠く感じる。

この家で唯一の逃げ場だと思っていたけれど、今見渡しても一つにすら未練を描けない。結局ここも、ヴィオレットにとってその程度の居場所だった。生まれてからずっと過ごした部屋だけど、鉄格子の無い牢屋と何が違ったのか、今となっては分からない。

「だから、良いわ。もう何も必要無い」

清々《すがすが》しいと言わんばかりに、古びたクリスマスリースだけを大切に抱えて笑う。マリンがトランクにしまったアクセサリーケースは、ケースごと宝石店に売られる事になるだろう。

「マリンの方は大丈夫?」

「私はシスイさんが持って来てくれたので全部ですから」

ヴィオレットから貰った万年筆は肌身離さず持ち歩いているし、他の大切な物は既に手元に戻っている。給金で買った物はまだ自室に残っているだろうけれど、持ち帰る程では無い。

「二人が良いなら、部屋の物はこっちで処分しちゃうね。家具くらいしか残らないと思うけど、忘れ物とか無い？」

「えぇ、大丈夫よ」

「問題ありません」

ヴィオレットが頷き、ユランが指先を鳴らした事で、さっきまで部屋の隅で置物の様に立っていた者達が、一斉に動き出す。元がヴィオレットの物だからか、扱いは丁寧だけれど、行き着く先はどれもゴミ捨て場という不思議な光景。

元々ヴィオレットの私物なんて、人が生きる為《ため》の日用品くらいしか無かった部屋だ。このまま任せていれば三十分もしない内に、人が住んでいた形跡なんて何処にも無くなるだろう。

ヴィオレットなんて娘は、初めから存在しなかったかの様に。


「じゃあそろそろ帰ろうか。お土産沢山買ってお疲れ様会しよう」

「良いですね。茶葉は取り揃えていますので、ご安心下さい」

「あぁ、この間頼まれたやつ。それ俺が飲めるの少なくない？」

「珈琲はルームサービスで頼めますよ」

「それもそうか。一応豆も買ってくから、置いといてくれる？」

「畏《かしこ》まりました」


淀《よど》み無く話を進める二人は、視線こそ絡んでいないが、会話はテンポ良く噛《か》み合っている。まるで昔からの知り合いみたいに、主従と言うには少々気安さが過ぎる様にも見受けられるけれど。

想像よりもずっと親し気に見える二人に、ヴィオレットがきょとんとしてしまうのも当然ではあったが、愛する二人の仲が良好であるならば喜ばしい限りだ——と、ヴィオレットには微笑ましい光景に映っている様だが、実際はただただ事務的なだけである。

（……あ、）

帰り支度《したく》を始めた二人に倣って、最後に自分の部屋であった場所を改めて見渡す。どんどんと箱に詰められていく私物達に比例して、部屋から主の存在感が減っているはずだというのに、僅かな違いも見当たらない。

箱の一番上に、バーガンディ色の表紙をしたノートが一冊。一度出してからは隠す事も書く事も忘れて無造作にしまったままだった日記。机の二番目の引き出しの奥に隠していた、秘密。


「ヴィオちゃん、もう大丈夫？」

ヴィオレットがこの家で生きてきた記録。

これからのヴィオレットには、必要の無い記憶。

「……ええ、今行くわ」


かつての自分を手放して、差し出された手を取った。

193．平和の一歩には大袈裟だけど

「この豆美味《おい》しい、当たりだったかも」

「では同じ物をストックしておきます」

「いや、後で持って来させる」

「美味しいの？」

「俺が美味しいって事はヴィオちゃんは絶対飲めないやつだねぇ」

「……分かってるわ」


むすりとしながら、ヴィオレットは自分の分の甘いミルクティーに口を付ける。自覚があるので異を唱える気は無いが、何と無く素直に頷けないのは、やっぱりまだブラックコー

ヒーをカッコイイと思っているからだろう。大人の証明みたいに感じて、子供が大人の真似《まね》をするみたいに飲んだ事もあったけれど。

「調子に乗って買い過ぎたかな。余りそう？」

コーヒー豆と一緒に買い込んだお菓子がテーブルを埋め尽くしている。お店のケーキスタンドに並んだ美しいスイーツだけでなく、町の子供達が好みそうなお菓子、塩気のあるスナックまで。

心は疲れているが体力は有り余っているせいでストッパーが利かなかったらしい。目に付いた物を色々と買い漁ったらこのあり様だ。マリンを含めた三人で食べるにしても量が多い。

「ふふ、当分はおやつに困らないで済むわ」

山の様になっているお菓子達は確かに多過ぎるけれど、おかげで強張《こわば》っていた身体から力が抜けた。清々しいとは言い難いけれど、背負ってきた重荷を下ろせた実感はあった。呼吸がし易い。

「折角だからマリンも一緒に食べましょ。お茶の準備は全部終わったのでしょう？」

「えぇ、ですが……」

「俺は気にしないから、好きにしたら良いよ」

「……分かりました。では、私の分を用意して参りますね」


持っていたティーポットをテーブルに置いて、自分用のカップを取りに行ったらしい。

一応この部屋にもマリンの物は最低限用意してあるので、すぐに戻って来るだろう。


「そういえば、テストの結果はどうだった？」

「前よりは随分と落ちてしまったけれど、想定の範囲内だったわ」

「テスト期間中に大変な事が重なったからねぇ。本当に、今日までずっとお疲れ様」

「ユランも、沢山動いてくれていたでしょう。ありがとう」

「俺のは、自分で決めてやった事だから」

「それでも、ありがとう」

「うーん……どういたしまして？　なのかな？」

二人して照れ臭そうにはにかみ、カップに口を付けた。何とも可愛らしい空気が流れている。つい数時間前までとんでもない修羅場《しゅらば》を繰り広げていたとは思えないが、既に他人《ひと》事《ごと》となった事情に割く感情は無い。

少しして、戻って来たマリンも交えて、柔らかな空気は一層穏やかに花を咲かせた。


「あ、これ懐かしい。まだ売っていたんですね」

「知っているの？」

「私が教会に居た頃、月に一度の贅沢《ぜいたく》でおやつに出ていたんです。当時は凄《すご》く高価な物だと思っていたんですが、今思うと安くて沢山入っていたからだったんでしょう」

「色んな店で見るから手に入り易いってのもあったんじゃない？」

「かもしれません。ん、意外と今食べても美味しいですね」

「甘いの？」

「ヴィオレット様が満足出来るかと言われたら微妙な所です」

「ヴィオちゃんは甘ったるいくらいが好きだもんねー」

194. 僕らの世界の大団円

お菓子を食べてお茶を飲んで、一頻《ひとしき》り休憩した所で、ふとした沈黙が流れる。全員が何かしら緊張していたのを、ゆっくり時間を掛けて落ち着きを取り戻したのだと、互いに何と無く察していた。

「これからの事なんだけどね」

ふんわりと微笑むユランの声には、飛んで行ってしまいそうな軽さがあった。しかしそれは軽薄さから来る物では無く、重い何かを漸《ようや》く下ろせた様な清々しさを含んでいて。

これから先の事は、誰にも邪魔をする権利は無いのだと、そういう気安さが心地《ここち》良い。

「俺とヴィオちゃんが住む家はもう準備を進めてるんだ。立地はそれ程良くないんだけど、その分静かだし過ごし易いと思う」

「家って……もしかして、」

「ヴィオちゃんには話した事あるよね。俺が昔住んでた所……って言って良いのかな？　赤ちゃんの時の事だし、覚えてないんだけど」


ユランが生まれ、クグルス家に引き取られるまでの短い間、実母と住んでいたらしい屋敷。昔ユランから聞いたけれど、訪ねた事は無い。ユラン自身も引き取られてからは一度も戻った事が無いと言う。ただ気が付くと、その屋敷と土地の権利が王家でもクグルス家でも無く、ユラン個人の物になっていたのだと。

「勿論《もちろん》このままホテル暮らしをして貰っても全然構わないんだけど。卒業した後は今より自由な時間も増えるし、ここだと出来る事も限られるでしょ？」

ホテル生活も快適ではあるが、結局の所自宅では無い。何処もかしこも他人の手で整えられているというのは、今は楽に思えるけれど。幼い頃の環境もあって外を好むヴィオレットには、いつか窮屈に感じる日がくるかもしれない。

「俺もまだ掃除とか点検とかに行ったくらいだから、中はこれから一緒に考えられたらなぁって」

一から全部、二人の為だけに整えていく。ドールハウスでも、二人で定めた森の中の秘密基地でも無い、本当の家。二人で、生きていく為の、帰る場所。

「……凄く、素敵《すてき》だと思うわ」

顔を綻《ほころ》ばせたヴィオレットの、柔い声がユランの耳を打つ。

未来の話がこんなに楽しいなんて、知らなかった。愛した人と結ばれて、人生を共にする……そんなの良く出来た物語の中にしか存在しないと思っていた。少なくとも自分にこんな日が訪れるなんて、思いもしなかった。

誰の邪魔にもなりたくないから、誰の傍《そば》にも居たくないと、修道院に行こうとしていたくらいなのに。

「ふふ、楽しみだね。まだ家具とかも全然だから、俺が卒業するまでに揃えなきゃ」

「一度中を見ておきたいわ。短縮授業に入れば時間も沢山取れるかしら」

「うーん……俺は生徒会に入る事になりそうだから、休みに入らないと時間が取れないかも」

「え……生徒会に入るの？」

「会長も副会長も卒業するっていうんで、推薦の声が多かったらしくて。一応選挙はするらしいけど、二年の内は補佐、三年になったら会長って感じでほぼ決定かなぁ。引継ぎは卒業式前に終わらせるから、春休みはゆっくり出来るよー」

「そう……ユランなら心配は要らないでしょうけれど、応援しているわ」

「ありがとう」


ふにゃりとした笑顔《えがお》はいつも通りのユランで、事の重大さが薄れてしまう。学園の生徒会長は、仕事も多いが権限も強い。その椅子に座れる者は限られていて、選挙はあるが、推薦されたならまず間違い無くそっちが通る。

——実を言うと、ユランが一年になってすぐにも打診はあった。それを頑として首を縦に振らず、最後はクローディアが打診者側に諦める様通達した事で漸く収拾した。今回、代替わりをするからとダメ元で声を掛けて来た相手に頷いたのは、単純にクローディアが居なくなるからだ。入学した時に頑《かたく》なに拒否したのはクローディアが居たから、居ないのであれば、別にどちらでも構わない。


「一応間取り図だけは持って来たんだよ。マリンさんの部屋はどうしよっか？」

「ヴィオレット様に一番近い部屋であれば何処でも構いません」

「それ全然何処でも良くないよね」

「うふふ、私もマリンが近いと安心するわ」

「じゃあお隣にする？　どうせ俺が卒業するまでは寝室とか一緒に出来ないし」

「…………」

「マリン、顔がくしゃってなっているわよ」

「今、とっても複雑な気分です」

「あははー」

195．獣の王子

ヴァーハン家への挨拶という一番の大仕事を終えれば、後はのんびりしたものだ。クローディアの卒業と生徒会選挙も控えているが、ユランにとってはどちらもどうだって良い。クローディアに関しては興味が無いし、選挙は形だけの出来レースなのだから。

ヴィオレットは、友人がクローディアの婚約者だからか、少し気にしている様子ではあったけれど。

「流石《さすが》にすげぇな、王子様の卒業式は」

窓の縁に肘をついたギアが忙《せわ》しなく動く者達を眺めて感心した様に言った。ユランもつられて視線を向けるが、鋭くなった視線と共に冷めた声が人気《ひとけ》の無い教室に響く。

「目玉はその後のパーティーだけどな。今年は王子様の婚約者のお披露目も兼ねてる分、絢爛だし人数も多い」

「あー、だから親父も来るっつってたのか……すげぇいやそうな顔」

「いやそう、じゃなくていやだからな」


自分でも眉間に皺《しわ》がくっきり刻まれている事は自覚している。取り繕うべきなのかも知れないが、いやなものはいやなのだから仕方が無い。

パーティー自体好きではないのに、主賓の婚約者のお披露目で人は更に増える。ただでさえ人混みが嫌いだというのに、王侯貴族の集まりなんて更に大嫌いだ。どいつもこいつも、この目とユランを評価したがる。

金の目に相応《ふさわ》しい、素晴《すば》らしい人物となった——まるでこの金目が本体で、ユランという人間はその添え物だとでも言いたげに。その素晴らしい人間を虐《しいた》げてきた過去は、綺麗すっぱり忘れて。

「俺の婚約も発表されてるし、面倒《めんどう》な輩《やから》が湧く未来が見える」

「お疲れさーん」

「うるせえ」

「俺、今労《いたわ》ったよな?」


ケラケラ笑うギアに殺意が芽生える。いつもの事ながら癪《しゃく》に障る男だ。殴ってやりたいが、殴られた所でギアは痛くも痒くも無いと知っている。身長では勝っていても、筋力や耐久力でギアに勝る人間はこの学園に居ない。

何とも腹立たしいが、結局、ユランがギアに勝てる道なんて何処にも無いのだ。敵でないから争う必要が無いだけで、同じ土俵に上がればいとも容易く敗北するだろう。

自由で寛大で、囚《とら》われる事の無い背。枷《かせ》を引《ひ》き千切《ちぎ》ってでもあるがまま思うがままに生きようとする姿は、正反対過ぎて何一つ共感出来ない。

だからこそ楽な相手だが、だからこそ苛立《いらだ》つ。ギアの方はその違いを面白《おもしろ》がっているから余計に。


「あーでも、丁度良《ちょうど》いわ」

「あ? 何が」

「卒業式ん後、お前を親父に紹介してやるよ」

「……は？」

詰まらなそうに外を眺めていたユランの視線が、同じく外を眺めたままのギアに向けられる。ぽかんと間抜けに開いた口が、ユランの驚きを表していた。

横目でそれを見て、ふっと笑ったギアの表情に、ハッと我に返ったユランの視線がさっきよりもずっと鋭くなる。何を企んでいるのかと、刃を突き付ける様に問うてくる。その目が余計にギアの笑いを誘って、遂には噴き出してしまった。

「顔こえぇぞーぉ」

ケタケタ笑う顔は、子供が悪戯《いたずら》に成功した時の様に無邪気だ。可愛らしい顔が更に幼さを増して、それが余計に猜疑心《さいぎしん》を煽《あお》る。ユランの性質と言えばそれまでだが、ギア相手に疑心を募らせたって無駄でしかない。

一頻り笑い声を上げたギアが窓から体を起こして、ユランとの間にあった人一人分の距離を詰める。身長差のせいで見上げる形にはなったが、その顔に浮かんだ笑みに、さっきまでのあどけなさは影も形も無い。

いっそ嗜虐的にも見える、楽しそうな、笑顔。

「ユラン、お前——シーナ《俺》の王子を使ったろ？」

196．頂点捕食者

バレていた――なんて、気が付いていていたけれど。

「人聞きが悪いな」

「あぁ、使ったって言い方が気に喰《く》わんか？」

「俺は別に嘘《うそ》を言った訳では無いからな」

「それもそうか」


肉食獣の様な笑みがスッと消えて、いつもの軽薄そうな雰囲気が戻ってくる。見せる表情がくるくると変わる男だが、そのどれもが本当の姿なのだろう。ユランの様に仮面を被《かぶ》る男では無い。

「あ、別に怒ってる訳じゃねぇよ」

「俺がそれを気にすると思うのか？」

「思わんなぁ」

窓枠に腰を掛け、近くにあった机に土足を乗せる。大きく開かれた足も、膝の上でプラプラ揺れる腕も、背景にそぐわない柄の悪さだ。

「お前はただ、シーナ《俺》の王子と友人だって言っただけだもんな」

正確には、ギア王子の友人と言われていると告げただけだ。

ヴァーハン家元当主に――ヴィオレットの祖父に。

「想像以上の効果だったよ。そこだけは感謝してやる」

「感謝してる奴《やつ》の態度じゃねぇけどな」

シーナという国の重要性は、きっとギアよりもユランの方がずっと良く理解している。海に囲まれた島国、他国からの干渉を受け付けず、独自の文化と環境を育み続けて幾年月《いくとしつき》。各国が様々な方法で手を伸ばし、その度に摑《つか》めずにいた。

その王族、それもシーナを体現しているとさえ言われた男と、友人である。その言葉は、どんな手土産よりも彼《か》の男にとって魅力的だったらしい。

友人と言うだけで、他の何かがある訳では無いのに。ジュラリアに益を齎《もたら》せると決まった訳では無いのに。そもそもギアが、友人だからと口添えしてくれるはずが無いと思っていた、今の今まで。

——そんな不確定要素でも縋《すが》りたくなる程、シーナという国は重要であるらしい。

「それで？　どういう風の吹き回しだ。俺が本気でシーナとの架け橋になるつもりがあるとでも？」

「ハハッ、あり得ねぇだろ。お前が自らこの国の利益になろうなんて」

「それはお前も同じだろう。俺とシーナ国王を繫《つな》げるなんて、面倒なだけで面白くも何とも無い」

「まぁ、面倒ではあるけど……面白いとは思ってんぜ？」

にやりと笑う、子供が悪戯を仕掛けた時の無邪気さで。人生の全て、命の全てを『楽しさ』で測る者の笑みだ。それは自分だけでなく、他人の人生に対しても。

「お前がうちの国に興味が無い事は知ってる。目的の為《ため》に名前を使っただけで、実際に行動する気はねぇんだろ。それこそ、この国の上が期待してる働きをする気なんて、欠片も無い。うちとの繋がりは国にとって強力な切り札になるだろうに」

すらすらと語る声も表情も、いつもと同じギアのもの。それなのに、今目の前で踏《ふ》ん反《ぞ》り返《かえ》る男は、まるで次元の違う存在に見えた。

「でも、それは、俺には関係無い」

着崩された制服、シーナ伝統のアクセサリー、肌、髪の色。どれを取ってもこの国では異質で、だからこそ目を惹かれる。誰にも従わず、誰もを見下す様刻まれた遺伝子。傲岸不遜《ごうがんふそん》、唯我独尊《ゆいがどくそん》、傍若無人《ぼうじゃくぶじん》。誰も省みない、誰にも縛られないのに、誰もがその存在に縛られる。

甘く愛らしい顔に浮かぶ、優しさも柔らかさも無い嘲笑は、この国とは対極の、それでも確かに、王子としての顔だった。

197. 国家の話

国家を軽々と担いで尚《なお》、この男の足取りが変わる事は無い。それが度量の違いなのか、はたまた精神の材質が違うのかは不明だが、どちらにしても現状ユランには、ギアの言葉をただ受け止める以外に選択肢は無い。

「シーナは別に中立を宣言した訳じゃない。組む相手を見極めて、満足いく奴が居なかった。相手も、俺達を知って手を出さない決断をしてるだけ」

周囲が勝手に中立と不可侵を漂わせているだけで、シーナ自体はむしろ来る者拒まず去る者追わず。誰にも属さない代わりに誰も求めない所は、中立と言って差し支えないのかも知れない。

手を伸ばす価値が無かった。居付く意味も無かった。だからずっと、勝手に持ち上げられた場所から、一定の距離でこちらを窺う他国を見下ろしていた。

「未知ってのは、可能性だ。ただそれに気付いても、大抵の奴は途中で折れる。それは俺達が受け入れないいんじゃなく、俺達に順応出来ないから」

お互いに少しずつ譲り合う事を対等だと、柔らかく肩を組む関係なんて詰まらない。シーナの人間にとって『対等』とは、己の意思をぶつけ合い膝をつかなかった方が正しいという認識だ。

優しさより激しさを、理性より欲求を。尊ぶものが違い過ぎる国で、誰もが故郷を思って泣き、最後は背を向けた。そしてそれを追い掛ける人間も、シーナには居ない。

「俺達も、別にそれで困らねぇしな。外交が無くても成立する様に出来てる。国も、民も」

「……なら余計に、俺を紹介する意味は？」

留学先で出来た友人を親に紹介したい――で済まない事は、幾ら自由と気紛《きまぐ》れの化身足るギアでも分かっているだろう。シーナの現国王がどんな人物かは知らないが、お国柄を考えるとギアと似たり寄ったりだという事は想像が付く。

自由で気儘で傲慢で、頭の回転が速い。享楽主義で、時にユランよりも残酷になれる。ギア程極端では無いだろうが、その極端な男の親ではあるのだ。

「無くても困らんが、あっても困らんのでなぁ」

にんまりと弧《こ》を描く口の端に、牙を思わせる尖《とが》った犬歯が見える。肉食獣を思わせる、捕食者のそれだ。では今の自分は、捕食される食糧だというのか。

背筋に冷たい汗が一筋だけ伝《つた》って、心の片隅で怯《ひる》んで後退《あとずさ》る自分が居る事に腹が立った。気圧《けお》されているのだという自覚はあるが、目の前の男に脅えて及び腰になるなんて、ユランのプライドが許さない。

「……俺はお前のお眼鏡《めがね》に適《かな》ったって訳か」

「まぁな。少なくとも最低条件はクリアしてんなー」

ひと息吐いて、身体に入っていた余計な力を抜く。瞬《まばた》きするだけの短い時間、その一瞬で、覚悟を決めた。自分で蒔《ま》いた種が、想定よりも大きな花を咲かせただけ。まさかギアの方から持ち掛けられるとは思っていなかったけれど、想定の範囲内だ。

値踏みする視線はユランの神経を優しく逆撫でてくる。いつもならそのにやけた面をひっぱたいてやるのだが、今の自分達は『友人』ではなく、『シーナ王子』と『ジュラリア貴族』として対峙《たいじ》している。表に出すべきは苛立ちではなく、美しく飾った笑みだ。

「不可侵国家の王子様にそう言って頂けるとは、光栄だね」

「はは、嘘くせぇ」

着け慣れた好青年の仮面、この微笑みで騙《だま》せる相手だったなら、どんなに楽だっただろう。

ギアにとって、ユランの美しさ程胡散臭いものは無い、そして。

「——だからこそ、信用が出来る」

198．切り札

きっと誰よりも、ヴィオレットよりも知っている。ユランの中には優しさや善性といった清い情《じょう》が無い事を。『ヴィオレットと比べて他を切り捨てる』という次元を超えて、誰にも心を傾けようとしない事。その徹底ぶりは一種の潔癖症で。ヴィオレット以外を、汚らわしい物と認識している。

そして、そこが好ましい。

「シーナが求めるのは過程でも感情でも無く、結果だ。思い入れも、頑張りも、どうでも良い。凡人が死に物狂いで出した結果も、天才が片手間に弾き出した成果も、俺達にとって価値の差を出すのは結果の利益だけなんでな」

誰よりも努力しているけれど成果が伴わない人間と、何の努力もせずに成功する天才が居たとして、情に流されて前者を選択する奴を、シーナの人間は絶対に信用しない。

シーナの国民性は、豪快で豪胆。弱肉強食、結果主義。

優しい弱さよりも残酷な強さを、譲り合いより潰し合いを。良くもまぁ他国と戦争にならないものだと思う。国内では毎日そこかしこで殴り合いが繰り広げられているらしいけれど、日常茶飯事だからこそ収束するのも早いらしい。

生粋《きっすい》の戦闘狂の群れ。その頂点がギアの父であり、恐らく次その椅子を取るのはギアだ。

「お前には情《じょう》が無い、情けを掛けない。非情に利益だけを追求出来る。お前の例外はヴィオレットただ一人だからな、博愛で平等な奴よりずっと分かり易い」

この一年、一度たりとも、ほんの一瞬ですら、その心がヴィオレット以外に動いた事は無かった。この男の『心』という機関はどういう仕組みをしているのか、片鱗《へんりん》すら理解出来ない。きっとそれはユランの方も同じで、自由な好奇心だけで行動するギアの心なんて欠片も理解出来ないんだろう。

「お前が俺を使ったのと同じ様に、俺もお前を使う。ギブアンドテイクってやつだ。ユランにとっても悪い話ではねぇだろ」

この国の益になってたまるかというスタンスではあるが、わざわざ害してやるつもりも無いはずだ。

何より、ヴィオレットが住む国なのだから、それ以上の理由は要らない。

生まれ持った立場の不安定さを考えれば、婚約を結ぶまでの方法は少なからず強引であった。ユランの後ろ盾が多いに越した事はない。シーナとの外交なんて、考え得る中で最高のカード。

頭の良いユランが、自分の怒りや恨みで折角の手札を捨てるはずも無い。

「……ほんと、嫌いだわ、お前」

「そ？　俺は気に入ってるぜ、お前の事」

あの日、無感情に声を掛けてきた日からずっと。

——切り札は隠し持つ、そして、最後に使うものだろう？

199．『一年』

忙し無く動く人に酔って、誰も居ない所へと逃げた先はいつもの場所。

校庭の端っこに隠された一角を一人で訪れると、ロゼットと出会った日を思い出す。あの日ここに来なければ、きっと話す事無く卒業していただろう。そう思うと、人生とはどう転がるか分からないものである。

あの時の自分が今の自分を見たらどう思うのだろう。どうして今の私はこうなのかと憤るか、どうせ嘘だと疑って掛かるか。少なくとも、ユランの未来に自分が居るなんて信じない。

一年前の自分が、今日の自分を知ったら、一体何処に絶望するのか。

クローディアに選ばれなかった事か、どれだけ願っても家族に愛されない事か。ユランを、自分の人生に巻き込んでしまった事か。

「全部ありそう」

想像したらどれも簡単に思い浮かんで、自分の事なのに笑ってしまった。目を剥《む》いて髪を振り乱す、怪物になった姿。実際にそうやって殺意に身を任せた訳だから、想像というより現実と言うべきだろう。

そんな事もあった、なんて、懐かしく感じてしまうのは。全部全部、捨てる事が出来たから。

「はぁー……」

これからの事を考えると、きっと苦労の方が多いだろう。一番の問題は終わらせたけれど、それ以外にもしなければならない事は山程ある。一番近い試練はユランの両親への挨拶だが、既に顔も名前も知っている相手だ。話した事だってあるし、緊張はするけれど、実家の時と比べたら胃への負担は皆無である。
両家の顔合わせの場へは、心配性のユランに絶対に行かせないと言われてしまったので、ヴィオレットにとってはここが一番の踏ん張り所といえる。

ついつい、場所も考えずに伸びをした。ぐっと両手を組んで空に向ければ、筋が伸びて気持ちが良い。そんなタイミングで、柔らかな花の香りが風に乗り漂ってきた。良く知った、清く優しい香料。

「やっぱりここに居らっしゃいましたね」
「あら、見付かってしまったわ」

いつもと同じ笑顔で現れたロゼットの顔は、いつもより少し華やかさが増していた。王子様の婚約者として色々と大変そうだ。正式なお披露目は卒業式の後になるが、ロゼットがその婚約者である事は、学園中が知っている。

「はー……疲れました」
「お疲れ様。何か飲み物でも持って来れば良かったわね」

「いえ、それ程長くは居られませんから。皆様挨拶がしたいと訪ねて来られるので」

溜息《ためいき》を吐いた唇は淡いピンク色、伏せた瞼《まぶた》には細かいラメが輝く。普段は化粧っ気の無いロゼットだが、今は『王子様の婚約者』という立場で色んな相手と対面せねばならない。清楚《せいそ》で清潔なだけで無く、素材を存分に生かした華やかさも必要なのだろう。

似合っているし、可愛いと思うけれど、深々と吐かれた溜息がその疲労を物語っていて手放しには称賛出来なかった。


「本当に大変そうね。本番までずっとなの?」

「クローディア様の方が自由になればもう少し落ち着きますわ。今は生徒会で最後のお仕事がありますので」

「引継ぎ用の資料作りでしたっけ」

「ええ。選挙は先ですけれど、もう後継者は決まっているらしくて」

クローディアの二期先がユランだから、今、引継ぎを行っている相手は来期の会長なのだろうけれど。その補佐をするユランも、ミラニアから引継ぎをされている所だろう。他のメンバーについて聞いた事は無いが、あの三人が集まって大丈夫なのだろうか。クローディアとユランについては言うまでも無く、ユランとミラニアも相性が良いとは言い難い。

「生徒会って、他にも人が入るのかしら……」

「みたいですよ。今年一年は短期のお手伝《てつだ》いだけで何とか間に合わせていましたけれど、相当大変だったそうなので」

「そう、なの……」

人が減ってしまった要因は、かつてのヴィオレットが行ったアピールと言う名の妨害行為なので、今更ながら申し訳ない気持ちになる。巻き戻って生徒会室に寄り付かなくなってからも人材補給をしなかったのはあちらの問題なので、全部が全部自分が悪いとは思わないが。

「時間が取れる様になったら、またお茶をしましょう。授業が減ったら出掛けるのも良いわね」

「勿論です！　そのお約束を励みに頑張りますわ」

「程々にね」

手を振り、来た道を戻るロゼットを見送って、これからの事を考える。ロゼットのお役目が終わるまでに、何処か良いお出掛け先を探そう。疲れが取れてリラックス出来る所が良い。

卒業式、二度目の一年が終わるまで、後――。

200．求愛

「ヴィオちゃん、大丈夫？」

「ふふ、大丈夫よ。怪我《けが》だってもう随分前に治っているんだから」

「そうかも知れないけど、足とか痛くなったら言ってね」

「ええ、ありがとう」

軽やかな足取りで並んでいるというのに、ユランの心配性は怪我の有無に関わらないらしい。健康的な肌色を取り戻した脚や頬を、今でもたまに痛まし気な視線で撫でてくるのを知っている。

「ヴィオレット様、寒くはありませんか？」
「大丈夫よ。二人共安心して頂戴」

ユランの逆側から声を掛けてきたマリンは、いつものメイド服では無い。ジャケットにスラックスというシンプルな装いで、荷物も途中までの送りの車に置いてきたから、その手には何も持っていない。

まさかこの三人で出掛ける日が来るとは、先日ユランに誘われた時はどうしたのかと疑問が湧いた。不思議に思っただけで嫌ではなかったから断りはしなかったけれど。

マリンの休みと重なってしまった事は、少しだけ申し訳ない。折角の休日まで主人と一緒なんて、息がつまりはしないだろうか。ただでさえ実家に居た頃は、ほとんど休みを取らせてあげられなかったというのに。

「早い時間にごめんね。貸し切りに出来るのがこの時間しかなくて」

「貸し切り……？」

何処に行くかは聞いていなかったが、通った道筋から大体想像は付いていた。大聖堂の門前で降りた時も、やっぱりと思ったくらい。

まだ朝食を摂《と》っている者だって居る時間。人が少ないのはそのせいだろうと思っていたのだが、まさか貸し切りにしていたとは。出来る出来ない以前に、そうする理由が分からな過ぎてユランを見上げたけれど、いつもと変わらない微笑みを返されるだけだった。

中に入ると、誰も居ない。参拝者だけで無く司祭やシスターなんかの関係者すら居ないのは、やっぱり貸し切りだからだろうか。


「…………」

「ユラン、……？」

「あ、ごめん。……ここのステンドグラス、こんな図柄だったんだなと思って」

「ユランは昔から教会とかには行きたがらなかったものね」

「なんか足が向かなくて……ここに来たのも、今日で二回目」

「そうなの？」


ユランは昔からこういった神聖な場を嫌がっていたから、一度も来た事が無いと思い込んでいた。この国で暮らしていて二度目なら、充分に少ないのだけれど。

「一年前のね、今日。俺はここに来たんだよ」

懐かしむというには程遠い、未《いま》だ治らない傷に触れたかの様な。痛そうな辛《つら》そうな顔で、それでも甘ったるく笑うユランには、一体何が見えているのだろう。

伸ばされた手が髪に触れて、頬に触れて、唇に触れて。婚約者との触れ合いにしては色気が無いけれど、ただのじゃれ合いで済ませるにはあまりにも重い。

まるで体温を確かめるみたいに。ヴィオレットという人間の輪郭をなぞり、ここに居るのだと確かめるみたいに。生きているのだと、実感したいかの様に。

「ね、ヴィオちゃん」

頬から下りたユランの指が、ヴィオレットの指に絡まる。見上げるヴィオレットに、微笑みでは無く、真剣な眼差《まなざ》しを返して、唇が動く。

「俺、何回も間違えたんだ。間違えて、ヴィオちゃんに辛い想いをさせた。もっとちゃんとしたかったのに、全然出来なくて」

それはヴィオレットにとっての求愛であり――ユランにとっての、告解であった。

「それでも、諦める方が無理だった。そんなの、死んだ方がマシだ。諦めたら、息も出来なくなるくらい、俺は貴女《あなた》への愛で生きてる」

ゆっくりと跪《ひざまず》いたユランの額に、繋いだ手が触れた。懺悔《ざんげ》の様で、乞う様で、誓う様で祈る様だ。

ヴィオレットの手を包む指先が小さく震えている。怯《おび》えているのか、何に、誰に。

そんな疑問を抱くよりも早く、ユランは顔を上げた。艶《つや》めかしい金色の瞳に射抜かれて、胸がひと際強く大きく高鳴るのを感じた。

「俺は神様を信じない。だから、神様なんかに誓わない」

「俺が誓うのは、貴女だ――ヴィオレット」

「貴女を大切にする、貴女を、一生、幸せにし続ける」

「愛しています。貴女の人生を貰うから、俺の命を貰って下さい」

手の甲に柔らかくて少しカサついた感触が触れて、ちゅ、と可愛らしい音と共に離れる。目が合うと、いつもの笑顔。それがあまりにも自然で、何をされたのか自覚するのに時間が掛かった。

「…………、ッ!?」

一気に顔へと熱が集まって、鏡を見なくても頬が真っ赤になっているのが分かる。目を真ん丸くして、口を開いてもハクハクと空気が零れるだけ。驚愕《きょうがく》羞恥《しゅうち》歓喜《かんき》、色んな感情で目が回ってしまいそうになる。

そんなヴィオレットの反応を予想していたのか、ユランは答えを求めようとはしなかった。いや、その真《ま》っ赤《か》になった顔を答えとして受け取ったのか。立ち上がったユランはグッと伸びをして、何処かすっきりした様子だ。

「結婚式では、どうしても神様に誓わなきゃいけないから。その前に、どうしても伝えておきたくて」

「そ……、れは、そう、だけど……」

「二人きりの結婚式ーっていうのもありかなって思ったんだけどね。俺の、ヴィオちゃんの幸せへの誓いなら、彼女に証人になって貰わないとだし」

そこで初めて、二人を後方から見守っていたマリンに視線が送られる。『彼女』という言葉で、ヴィオレットもマリンの存在を思い出し慌てて振り返った。ユランの行動の衝撃で一緒に来ていた事をすっかり忘れていた。

つまり、一連の光景を全て見られていた訳で。

「ぁ、ぅ……」
「ヴィオちゃん林檎みたいだねぇ」

羞恥心が限界を超えたらしいヴィオレットは、髪で顔を隠そうと必死だが、マリンからすると今日の様な光景は特に珍しいものでも無い。ヴィオレットが気付いていないだけで、ユランは日頃からヴィオレットを愛でて止まないのだから。

「ユランは、いつからこんないたずらっ子になったのかしら」

「割と昔からこうだよ？」

「……そうね、そうだったわ」

昔から、突拍子も無い事をしてはヴィオレットを驚かせていた。元々そういう気質と言ってしまえばその通りで、ユランの方に変化があった訳では無い。ただヴィオレットが、ユランの行動に対して『弟分』というフィルターをかけられなくなっただけ。

「突然窓から現れて枠から落ちたり、木登りして下りられなくなったり、絵本に埋もれていた事もあったかしら」

「え、何でそんな忘れて欲しい所ばっかり？」

「ふふ」

目に涙を溜めて、ヴィオレットを見付けると破顔する。それを見ると、こちらまで思わず笑ってしまう。優しい、大事な弟分。

可愛らしかった少年は、精悍《せいかん》な男性になっても、同じ。

「昔からずっと、ユランは私を喜ばせるのが上手《うま》いのよ」

201．あの日の義理立て

「私を連れて来たのは何故《なぜ》ですか」

迎えを待つ間、整然と立ち並ぶ木々を眺めているヴィオレットの背中を見つめていると、隣に立つ者だけが聞き取れる音量の声がユランの鼓膜を打った。顔だけでなく、視線すら交わらない二人の間には、並んでいるのに見知らぬ他人の様な空気が流れている。

「聞いてた通り、証人の為だけど」

「貴方《あなた》が信じていないのは神だけではないでしょう」

神を信じていないから、神に誓わないと言った。ならば人を信じていないのに、人前で誓ったのは何故だ。当然の疑問に、ユランはつい鼻で笑ってしまった。その反応にマリンの纏《まと》う空気が硬くなったのを感じたけれど、別に馬鹿にする意図はない。
むしろ、その通りだなと思って、自分自身に笑ってしまった。

「そうだな……お前の言う通り、初めは彼女の前だけで誓えば良いと思った」

ユランが伝えたい相手はヴィオレットだけで、そこに他者の承認が欲しいと思った事は無い。初めは二人切りで良いと思っていたし、マリンを誘いはしたが、断られていたら彼女無しで誓いを立てていた事だろう。
それでもマリンを誘ったのは、泣きじゃくる女の影を思い出したから。

「お前には、見せても良いだろうと、思っただけだ」

蹲《うずくま》って泣きじゃくって、呆然《ぼうぜん》と殺意を吐き出した日の事を、マリンは何一つ覚えていない。それを羨むつもりは欠片も無いし、覚えていない事を責めるつもりも無い。ユランは覚えている事に感謝しているが、マリンにとっては覚えていない方が平和な記憶だ。

それでも、あの恨みと怒りで真っ黒に染まった日々を必死で戦ってきた、唯一の同胞だった。誰もがヴィオレットを断罪する中で、ただ一人、ユランと同じ方向を向いていた人だった。

ユランと同じ殺意と絶望で、泣きながら呪詛《じゅそ》を吐いた顔を、今では良く覚えていない。仲間と言う程の情は無く、戦友と呼ぶ程の絆《きずな》も無いが、それでも。

あの日共に戦い敗れた女に、少しばかり義理立てをしても良いかなんて、思っただけ。

「彼女も喜んでいたしな」
「真っ赤になってぶすくれていましたが」
「照れ隠ししてる所も可愛い」
「ええ、良いものを見せて頂きました」
「……早く卒業してぇ」
「何を想像したのかは聞きませんが、私は部屋替えしませんからね」
「権限は俺にあるが」
「私の主《あるじ》はヴィオレット様です」

顔どころか視線すら向けず、さっきまでそれなりに穏やかだったと思ったら、今は背後にブリザードでも見えそうだ。同族だと薄々感じているが、それを認めるのが癪なのは、きっとマリンの方も思っている。

「……二人共、どうしたの？」

「何でも無いよ」
「何でもありません」

首を傾《かし》げて近付いて来たヴィオレットを見て、氷点下から小春日和《こはるびより》へと変化する所も。本当によく似ていて、似ているからこそ合わない。

綺麗に言葉を一致させた二人に、ヴィオレットが微笑ましいと言わんばかりの穏やかさを見せるから、それだけで全部どうでも良くなってしまうのだけれど。

「もう良いの？」
「ええ、ロゼットの言っていた子が居るかと思ったけど、そう簡単には見付からないわね」
「俺達はこの国の生態系に慣れちゃってるからねー。どれが他国では珍しいとか、あんまり分かんないし」

「一応図鑑で見て覚えてはいるんだけど、どの辺に居るかって言われると分からないのよね」

「そもそも広いしね、この国。こっちの辺りは久しぶりに来たし、折角だから買い物してから帰ろっか」

「良いわね。折角だから新居に置く物と、か――」

はしゃぐ声を遮る様に、くぅ、と小さな鳴き声が響く。

「……すみ、ません」

目を丸くして音の方を向くと、マリンが少し俯《うつむ》いて視線を逸《そ》らしていた。水色の髪から覗《のぞ》く耳は真っ赤になっている。

「ふふっ、先に皆で朝食にしましょう」

「今ならモーニングメニューもあるね。来る時にあったお店に行ってみようか」

「エッグベネディクトあるかしら」

「パンケーキにしないの？」

「この間食べたのが美味しくって。マリンは何が良いかしら」
「ヴィオレット様がお気に召した所なら何処でも」
「もう、私はマリンの希望を聞いたのよ」
「私は質より何より量なので」

吹っ切れたのか、さっきまでの恥ずかしそうな様子は消えて、いつもの感情の読めないポーカーフェイスが戻ってきていた。ツンとすました猫の様に、全身がしなやかな美しさで満ちている。痩せ細り皮と骨だけだった頃の面影はもう何処にも無い。

マリンの事は信用している、相性はそれなりに良いだろうし、同じ人を宝物にしているから通じ合うものだって多い。言葉にせずとも察して理解して貰えるのは楽だ。ただ、好きかと問われたら否を唱える、情がある訳でも無い。今日の事だってただの義理、一種の気紛れだ。

(……良かった)

それでも、ヴィオレットとマリンが並ぶ姿を見て、素直にそう思う。
あんな姿のマリンを見たら、ヴィオレットはきっと悲嘆に暮れてしまうから。

（彼女《ヴィオレット》が、笑ってて、良かった）

202．新居へ

静かで平穏な日々だ。かつてなら、嵐の前だと警戒していた様な、平和に浸《つ》かって抜け出せなくなる様な時間。それが普通の、当たり前の日常であるのだと知る事が出来たのは、嵐が過ぎ去った後だからかもしれない。


「ヴィオレット様、私の準備は済みましたが……」

「私も大丈夫よ。迎えは既に下に居るそうだから、行きましょうか」

「本当に、私も行くのですか？」

「勿論。マリンの家にもなるのだから」

「住み込みの使用人、という意味ではそうですね」

「ユランにも一緒に行く事はちゃんと伝えてあるわ」

卒業式を目前に控え、ほとんどの生徒が休み期間を満喫している今日。生徒会の引継ぎで忙しそうにしていたユランも、漸く一段落付いたらしい。先延ばしにしていた邸宅訪問が決定したのは、つい数日前の事だ。

幼い頃から話に聞くだけで訪ねた事の無い、ユランの生家。彼の実母はもうそこに居ないけれど、クグルス邸を訪ねた時と同じタイプの緊張感が少しだけ。マリンも居るし、シスイも既に住み着いて仕事をしているそうだから、硬くなる必要は無いのだけれど。

「ヴィオレット様も行った事は無いんでしたね」

「ええ。そういう建物があるとは聞いていたけれど、ユラン自身あまり興味が無かったみたいで」

ユランが実母と一緒に暮らしていたのはほんの僅かの間で、今から行く邸宅に住んでいた期間は更に短い。ユラン名義であっても、幼い自分達だけで気軽に足を運べる場所でも無い為、今回話に出るまでヴィオレットもすっかり忘れていた。

「山奥とまではいかないけれど、周りは緑に囲まれていて空気が綺麗な所だそうよ」

都市部から離れていて、買い物するにも移動の方が時間を取る場所にある、大きな屋敷。妾と、火種となる妾腹を隠すには打って付けの立地だ。外界から遠ざかり、いつの間にか消えていても誰も気が付かない。実際、ユランの母は影すら残さず消えてしまった。

「マリン達には大変な場所かも知れないけれど」

「私はヴィオレット様の傍を離れませんし、シスイさんは元々距離より食材な方ですから」

「そういえばそうだったわね」

急に姿を消したと思ったら、三日後にふらっと戻って来た事もあった。聞けば海の向こうまで香辛料を買いに行っていたのだと言う。数十分数時間なんて、シスイにとっては三秒とそう変わらないだろう。

「まさか彼まで家を辞めていたなんて思わなかったわ」

「……自由人ですからね。彼が何をしても、今更驚きはありません」

「ふふ、そうね。でも……ついて来てくれるとは思っていなかったの」

自分を追って来るのは、マリンくらいだと思っていたのだ。シスイとは昔から、何ならマリンよりも長い付き合いではあるけれど、だからこそ情や忠誠心で動く人間ではない事を知っている。

ユランから、ヴァーハン家を辞めてうちで働く事になったと聞いた時は、まさかあのシスイがと驚いたものだ。その後マリンまで家を辞め、ユランに再雇用されたと知った時には、驚きを越して思考が停止してしまった。ヴァーハン家を辞めた事もそうだし、それを簡単に受け入れて雇用するユランにも。薄々勘付いてはいたけれど、自分の周りは吹っ切れてからの行動が早い人ばかりらしい。

「シスイの話をしていたら、久しぶりに彼のチョコレートが食べたくなったわ」

「ご用意していると思います。昼食は向こうで召し上がるんですよね？」

「ええ。中を見て回るだけでどれくらい掛かるのかしら……」

「お庭がとても広い事だけは聞いていますが……」

妾の為とはいえ、王家が用意した邸宅。恐らく、手切れの意味も込められていたのだろう。大人と赤子の二人で暮らすには過剰が過ぎる建築物である事だけは確かだ。

「……何だか、別の意味で緊張してきたかも知れないわ」
「……私もです」

203．宝石箱

待たせていた迎えの車に乗って、一時間程。ユランの言葉通り、窓の外は木々ばかりで、整備されている事が逆に不思議なくらい人の気配が無くなった道の先。白い柱と鉄の門扉《もんぴ》が見えてきて、遠くに白と紺の色合いが覗く。思わずマリンと二人、窓に張り付いて流れゆく木々を眺めていた。

ゆっくりと速度が落ちていき、遠くに見えていたはずの屋敷が目の前にあった。

左右対称に整えられた佇《たたず》まいは、ヴァーハン家の物とは全然違って見える。その印象が色合いからなのか広さからなのか、それとも単なる心のあり様なのかは分からない。

宝石箱みたいに美しい、白亜の屋敷。

　ユランと、その母が暮らしていた家。

「あれ、ヴィオちゃん着いてたんだね」

　マリンと二人、見惚《みと》れてしまっていたらしい。大きな玄関扉から顔を出したユランが、いらっしゃいと微笑みながら近付いて来る。遅いからとわざわざ出て来てくれたらしい。人員が揃っていないから呼び鈴を鳴らす様にと言われていたのに、すっかり忘れていた。

「ふふ、その様子だと、外観は気に入って貰えたみたいだね」

「えぇ……凄く、綺麗」

「手入れがきちんとされてたおかげで、綺麗な色が保たれてるんだって。俺も初めて来た時に驚いたよ」

「ユランから聞いてはいたけれど、想像以上だったわ。ここまでの道も素敵だったし」

「庭は俺の方でも色々して貰ったから、そう言って貰えて嬉しい」

　白いロングカーディガンを羽織って笑うユランは、この家に良く似合っている。ずっと住んでいなかったのが嘘みたいに、柔らかな顔立ちと美しい館はぴったりで。ユランと良く似ていたらしい母親にも、きっとよく似合ったんだろう。


「中も綺麗だよ、インテリアはまだ全然揃ってないけど」

「元々あった物はダメになっていたの？」

「半々かなぁ。劣化してないのもあったけど、どうせならこの機会に替えちゃった方が良いかなって。だからほとんどの部屋が空っぽだよ」

「ユランってたまにすっごく豪快よね」

「思い切りの良さが大事だって、色々学んだからねぇ」


ユランにエスコートされて入った室内は、外から見た印象通りの美しさだった。壁も天《てん》井《じょう》も真っ白で、絨毯《じゅうたん》の赤がより鮮やかに映える。しかしユランの言葉通り、実家ではそこかしこにあった装飾品が一つも無く、輝くシャンデリアがむしろ違和感を生む程。空っぽと言うのは、あながち大袈裟でもないらしい。


「凄く……広いわね」

「そうだねー。俺も初めて来た時はびっくりした。中も広いけど、庭はもっと広いよ」

「庭？」

「裏の森みたいな所がほとんど家の敷地。使用人の生活スペースを差し引いても広過ぎるよね」

その広さが、元は大人と子供二人だけの為のものだったなんて、貴族社会に染まったヴィオレットでも少し眩暈《めまい》がした。当時の内装がどうだったかは分からないが、外観と合った上品で美しい物であった事だろう。ユランに根こそぎ取っ払われた訳だが。

「詳しい間取りは住んでから少しずつ覚えてくれれば良いからねー。とりあえず俺とヴィオちゃんの部屋に案内するから。マリンの部屋はとりあえずヴィオちゃんの近くにしてあるよ」

「ありがとうございます」

「必要な家具はシスイのと一緒に揃えたけど、他に必要な物があればヴィオちゃんのと一緒に頼むから」

「シスイさんと同じならそれで大丈夫かと」

「シスイも言ってたよ。俺と同じで良いと思うって」

「そういえば、シスイもここに居るのよね」

きょろきょろと不審なくらいに室内を見渡していたが、二人の会話で一人の人が記憶から浮かんで来た。なんなら、二人よりも昔から知っている人。


「お昼の準備してるよ。まだ設備が整ってないから簡単な物になるって」

「シスイの料理は全部美味しいもの、楽しみだわ」

「デザートだけは一昨日《おととい》から準備してたけどね。チョコレートタルトだって」

「…………」

「流石、分かっていらっしゃるみたいですね」

「ん？」

「朝、シスイさんのチョコレートが食べたいと言っておられましたので」

「暫《しばら》く食べていないんだもの」

「ふふ、なら良かった。部屋を見たらご飯にしようね」

「ええ、楽しみだわ」


人気の無い広くて長い廊下を進む。ユランが物心付く前にはこの家を出ていたという事は、もう十五年近く誰も住んでいないという事だ。家は人が住まないと劣化し易いと言うのに、何処を見ても美しいままで、丁寧に保管されていたのが良く分かる。

ワクワクと心が弾むのと同時に、少しだけ、ほんの僅かだけれど、胸の隅に人影が射した。今まで一度も聞いた事が無かった、顔も声も知らない人の、影。

(どんな人、だったんだろ)

この家に良く似合っていたであろう、ユランに良く似た、彼を産んだ女の人は。

何に駆《か》られて、何を思って、この家から消えたのか。

204. 宝石の行方

ヴィオちゃんの部屋だよ、と案内されたのは、日当たりの良い、広くて落ち着いた部屋だった。真っ白な壁や柱に、シャンパンカラーのアクセントクロス、レースと花柄とベージュが三枚重ねになったカーテンに大きな窓。実家での部屋は暗い色が多かったから余計に、柔らかな色彩が新鮮だった。

ユランの部屋も似た様な雰囲気で、違いと言えばシャンデリアとカーテン以外にソファがあった事くらいだ。ユランの着替えが積まれているせいで、二人掛けなのに一人しか座れない仕様になっているけれど。

マリンの部屋は、ユランの言葉通りヴィオレットの部屋に一番近い所をあてがわれていた。中も程々に広く、三点ユニットバスも付いている。家具はシスイと同じ物と言うだけあってシンプルだが、マリンとしては不備無く使えれば充分。

昼食は簡単な物になると聞いていたが、テーブルに並んだ料理はどれもヴィオレットの好物ばかりだった。場所が食堂ではなくキッチンの端だったのには驚いたが、椅子とテーブルが揃っている部屋がここだけだと聞いて納得した。


「お腹《なか》いっぱいだわ……」

「沢山食べたもんね。ちょっと作らせ過ぎたかなぁ」

「いいえ、久しぶりにシスイの料理を食べられて嬉しかったから。それにユランとシスイが沢山食べてくれたおかげで残さずに済んだしね」

「喜んで貰えたなら良かった。メニューは彼に全部任せたんだけど、流石だね。ヴィオちゃんの好みをばっちり把握してる」


シスイとマリンが後片付けをしている間、キッチンの裏口を通って庭へとやって来た。綺麗に整備されている場所の先には森の様に木々がぎっしりと植わっているが、そこもこの家の『庭』に含まれているらしい。綺麗に整えられている範囲だけでもかなりの広さだが、その先も含め端から端まで歩くと、反対側に辿《たど》り着くよりも先に日が暮れると聞いた。

一度挑戦してみたいけれど、ユランもマリンも心配してしまうだろうか。

広い広い、家。宝石箱の様だと思ったけれど、事実、その通りの場所だ。

「ね、ユラン。聞いても良いかしら」

「ん？」

「答えたくなかったり、知らないならそれで構わないのだけれど」

「――実の、ご両親の事」

一度も訊ねた事が無かったし、ヴィオレットも聞かれた事が無かった。それはきっとユランの配慮で、ヴィオレットにとっては当然の事。ヴィオレットは肉親の存在を思い出したくなかったし、ユランは事情が複雑過ぎて口にして良いのかも分からない。

ただ、何と無く、この家を見ていて。少しだけ分かった気がした。この家に住んでいた母と、この家を与えた父、――ユランから見た二人は、きっと。

「多分、ヴィオちゃんの想像通り」

緩く、綻ぶ様に笑う。柔らかい印象は何処か中性的で、母親譲りだと言った彼は、それを誰から聞いたんだろうか。

「ここはあの人……俺の母親をしまっておく為の場所だった」

205．一年と一年

母の事は、ほとんど覚えていない。いや、何も覚えていないと言った方が良いのか。顔も名前も、ユランと呼ぶ声すらも。

母に『関する』記憶は、一つだけ。

『良く似ている』

一度だけ対面を許された、血の繋がった父親が、ユランを見て、表情を変える事無く言った。消えた妾への怒りでも無く、実の息子《むすこ》を前にした情も無く。興味は無い、でも目の前にあるから、浮かんだ言葉を口にしただけ。

実の父との対面は、父のその一言が零れただけの、十数秒。

そしてユランが唯一知っている、実の母の情報。

「写真とかも無いし、王の妾についてなんて誰も口にしないから、実際どの程度似てるのかは分からないんだけど。多分、結構似てるんだと思う」

王である父親とは、目の色が無ければ誰も血縁だなんて思わないくらいに、正反対だ。ではきっと、この顔は母に似たのだろうと、鏡を見てぼんやり思い描いたりもした。だからって、恋しくなったりはしなかったけれど。

「向こうと同じ様に、俺も両親に興味が無かったし……ここに来るまで、気にした事無かったんだよね」

ここの存在を知って、全てが己の物になっていると知って、利用出来るという以外の感情は浮かばなかった。ヴィオレットをヴァーハン家から引き離す為の場所が手に入った、それだけ。母に関する情報や思い出なんかが掠める事もなく。

ただ、過ごしている内に。気付いてしまった。

「この家にはね、子供の為の物が一つも無かったんだ」

「え……」

「短い期間だったとはいえ、生れたばかりの俺が居たはずなのに。子供部屋どころかベビーベッドすら置いてなかった」

母も自分も住まなくなってから手入れはしても何一つ捨てられる事無く、変わらず佇むこの屋敷は、妾の為だけに作られた城であったらしい。
どの部屋も美しいインテリアで纏められてはいたが、一つたりとも『子供』の存在を示す物は無かった。当事者でなければ、この家に生まれたばかりの赤ん坊が居たなんて思いもしなかっただろう。

「ここは正しく、母の為の場所だったんだよ。父が母をしまっておく為の箱、だから『ユラン』って存在には一切の配慮が無い」

母が消えた日で時を止めた城を歩く内に、分かってしまった『両親』の事。

父は母を愛した。それはまるで、宝石を眺める様な愛で、観賞品を愛でるやり方で。母がそれをどう思っていたのかは知らないが、子を産む覚悟を決める程度には情を持っていたんだろう。ただどちらも、子を育てる意思が無かっただけ。

そして『ユラン』は捨てられて、『ユラン・クグルス』になった。

「母親が何で消えたのかまでは分からない、生きてるかどうかも知らないけど、王の妾になって子供まで産む人だった訳だし……どっかで幸せに暮らしてるかも知れないねぇ」

へらりと笑いながら口にしたその言葉は、思っていたよりもずっと他人事の響きをしていた。きっと本人が目の前に現れたとしても、他人を目の前にした時と同じ反応をするんだろう。それくらいに興味が無い。親という存在に、期待なんてしていない。

「……そっか」

微笑むヴィオレットに、ユランの笑みが深まる。彼女の問いに答えられたのなら嬉しいと、それだけの感情で笑うのだ。ヴィオレットも、ユランに傷が無いならそれで良いと思う。
要らないから捨てられたとして、同じ様に、要らないと捨てるだけ。
それが必要なのだと、いやという程学んだ二年だったから。

206．決意一つ

空っぽだった屋敷が、少しずつ色付いていく。整られていく部屋を見るとワクワクして。森の中の地面に丸を描いて、ここが家なんだ、なんて自分を慰めていたあの日を思い出して、少しだけ泣きたくもなった。

美しい白亜の宝石箱が、大切な人と暮らす家へと変わって行く。

どんな家具が良いか、どんな色が良いか、食器を自分の足で探して、ランプの形に拘ったりして。ユランと顔を見合わせて笑う度、嬉しくて、嬉しくて——思い出す。

ユランを産んだ母の事。

何処かで幸せにしているだろうと、他人事の様に語った、ユランの顔。

「ヴィオちゃん、ここに居た」

「……やっぱり、私を見付けるのはユランなのね」


屋根裏部屋の窓を開けて、星空を眺めていたヴィオレットに、柔らかなブランケットを提げたユランが近付く。生活用品が揃ってきた屋敷の中で、まだ手を付けられていない場所。ヴィオレットが腰を掛けているのも、椅子ではなく使われなくなった踏み台だ。美しい屋敷の舞台裏にある物置は、星を見るのにぴったりで。

誰も、何も、隔てるものの無い世界。


「寒くない？」

「少しだけ。ユランは平気？」

「俺は寒いのも暑いのも割と平気」

「我慢出来るか聞いたのではないのよ」

ヴィオレットの事はブランケットでぐるぐる巻きにする癖に、自分は薄いカーディガンを羽織っただけ。ネグリジェ姿の自分が言えた事では無いけれど、見ているだけで寒くなる装いだ。屋根裏部屋には暖を取れる物なんて無いし、夜の空気はゆっくりと体温を奪っていくというのに。


「ほら、こっちに来て」

「いや、俺は良いよ。ヴィオちゃんの分が足りなくなっちゃう」

「だからくっ付くの。ほら早く、寒いわ」


床に座ると、冷えた木の感覚に鳥肌が立った。ブランケットの中にユランを招き入れて、ぴったりとくっ付いたけれど、二人共すっかり体が冷えてしまっていて、ぎゅうぎゅうと抱き合っても暖かくなるまではまだ遠い。


「ふふ」

「ん、なぁに？」

「昔も、こんな事があったなぁって思ったの。覚えてる？」

「秘密基地で雨宿りした時の事？」

「そう。あの時はピクニックシートだったけれど」

「あんまり雨除《あめよ》けにならなかったよね。すっごく寒くて、凍っちゃうかと思ったけど……

楽しかったし、嬉しかった」

「真《ま》っ青《さお》になってたのに？」

「ヴィオちゃんと居られるなら、他の事は何だって良かったから」

寒さからでは無い紅《くれない》に頬を染めて、噛み締める様に笑みを浮かべる。昔からユランは、ヴィオレットの前でよくこの顔をしていた。受け取った物を無くすまいと胸に抱く様な、これを失ったら、もう二度と手に入らないと、思っているかの様な。

ヴィオちゃんが嬉しいなら嬉しいよ。
ヴィオちゃんが楽しいなら楽しいよ。
ヴィオちゃんが幸せなら、幸せだよ。

何度と無く伝えられてきた想いは、どれもが彼の恋で、愛情で、本心であるのだろう。その想いに守られて、手を引かれて、ここまで来る事が出来た。
寒くて暗くて少し埃《ほこり》っぽい、まるでいつかの牢と同じだ。心の細く小さな欠片ですら折られ潰され、後悔する以外を許されなかった。全部捨てて、諦めて、終わりを待った。それしか出来ないと、自分さえ、自分の人生の邪魔だと思った、日。

——あの日から、ずっと、この腕に守られていた。

207．今度は、誰にも

ゆっくりと、体温が上がっていく。もう、寒くはなかった。


「ヴィオちゃん、まだここに居たい？　それなら飲み物と、何かクッションになる物を」

「ありがとう。でも、もう少しこのままが良いわ」

「そう……？　体痛かったりとかしない？」

「ユランの方こそ、足が痛くなったりしていない？」

「ふふ、大丈夫だよー」


大きな体を縮めるユランは窮屈なはずなのに、内緒話《ないしょばなし》をする時の様に顔を寄せて、ブランケットに包まれた世界を楽しんでいる。

その甘さに、思う存分甘えてきた。寄り掛かって支えられて、知らぬ間に全ての災いから遠ざけられて。その庇護下に居た事も知らず、全てを諦めて置いていこうとしていた——ずっと置いていかれ続けた、この子を。


「この部屋、気に入った？」

「そうね……星が良く見えて、素敵だと思う」

「なら、ここも綺麗にしよっか。ソファとか、灯《あか》りもあった方が良いよね」

「……ここは、このままで良いわ」

「え……でも」

「このままが良い……これが、良いの」


腕を絡ませて、肩に頭を預ける。大きな手に、触れる。ぴったりとくっ付いて、誰も入り込めないくらいに近く、傍に。

「——愛しているわ」

初めて音にして、こんなにも甘い言葉であったのだと知った。口の中も頭の中も甘ったるいシロップで一杯になって、溺れてしまいそうなのに。足りない、足りないと心が悲鳴を上げているみたいだ。

優しいユラン、愛してくれて、愛していて、幸せをくれる大切な人。

沢山の幸福をくれる彼に、報いる方法を探していた。


「どんな言葉を使っても足りないくらい、愛しているの」


キラキラ、キラキラ、流れ星が落ちる。月の様な黄金の瞳から零《こぼ》れて、掬《すく》おうにも、指先から一つ二つと転がって。星を摑めずに終わった手は、大きな手の平に包まれる。痛くも痒《かゆ》くも無い力で引かれて、二人の影が重なった。

星空の下、初めてのキスは、微かに甘い涙の味がした。

少しだけカサついた唇が離れて、頰に自分の物では無い雫が流れる。水を纏って輝く黄金の瞳は、空に輝く月よりもずっとずっと美しい。肩を震わせてしゃくりあげるユランは何とも可哀想《かわいそう》で――何と、愛《いと》おしい事か。


「貴方は、私を幸せにする為に生まれてきてくれたのね」

誰からも捨てられて、同じだけ捨ててきた人生。最早《もはや》嘆く必要も感じないくらい、馴染《なじ》んでしまった事実。だから、もう良いのだ。自分を産んだ者達が、どんな意味を抱いたとして、どんな思いで、捨てたとして。それを考えるのはもう、良いのだと。

「ヴィ、ォ、ちゃん」

「あらあら、目が溶けてしまいそうね」

ぐちゃぐちゃになった顔を隠す事も忘れて、離れまいとヴィオレットを抱く腕の力が強まった。同じブランケットの中、鼻先がくっ付きそうな程近付いて、聞こえるのは互いの呼吸と心臓の音。まるで、一つの生き物になったみたい。

「ふふ」

「わらわないでよー」

「ごめんなさい、でも可愛くてつい」

「ゔぅ〜……」

掌で包み込んだ頬は、涙のせいか思ったよりも冷たい。目も頬も真っ赤で、きっと明日は大変だろうななんて、想像したらまた笑ってしまった。

「私もね、ユランを幸せする為に生まれてきたの」

この人の為に生まれてきた。ヴィオレットの命の価値はユランで、ユランの命はヴィオレットの為にある。ユランはその覚悟を持って、自分を救い出してくれた。ならばヴィオレットも、相応の決意が必要だ。

顔も知らぬ義母へ。我らが国王へ。その他、ユランを害する全ての『悪』へ。どうか届けば良いと思う。この嫌悪、この怨念、この殺意。それら全てを纏った、宣戦布告を。

「だからもう、間違わない……今度こそ、間違ったりしない。今度は、誰にも」

この愛を、この幸せを。

誰にも、邪魔させはしない。

ありふれた一日の話

「ヴィオレット様、こちらなどいかがでしょう」

「素敵だけれど、少し派手《はで》ではないかしら」

「華やかではありますが落ち着いた色味ですし。それに折角の式典ですから、少しくらい派手でも問題無いかと」

「ユランの卒業式で私が着飾っても仕方がないじゃない」

「ユラン様にとってはこちらがメインですからね」

「なぁに、それ？」


ユランとヴィオレットが婚約して、二年の月日が流れた。

ひと足先に学園を卒業したヴィオレットは、変わらずにユランが用意してくれた邸宅に住んでいる。この家に連れられて以降、一度もヴァーハンの家には戻っていない。学園でメアリージュンを見掛けた事は何度かあったけれど、それだけだ。あの日から、両親がどうなったのか、知らないし、知っても意味は無いのだろう。

「それに今年はシーナの王子様もご卒業で来賓も多いと聞きます。もっと派手でも良いくらいではありませんか？」

「ふふ、何と張り合っているの」

「ヴィオレット様の美しさを他国の方々にも知らしめる良い機会です」

「知らしめなくて良いわよ……」

生き生きとクローゼットの中を動き回るマリンを眺めながら、用意された紅茶に口を付ける。普段はシンプルなワンピースで過ごす事の多いヴィオレットだが、式典となれば相応のドレスアップが必須。自身の容姿についてはマリンの方が良く分かっているはずなのでほぼ一任してしまっているが、楽しそうで何よりだ。元々ヴィオレットを着飾らせるのが好きではあったけれど、ヴァーハン家に居た頃はそういった機会に恵まれなかったから。

「良い機会ですし、新しく誂《あつら》えるのもありですね……」

「今あるので充分よ。この間も、ユランが沢山買ってきてしまったんだから」

「あれは普段着ばかりです」

「持って来たのもまだまだ着られるんだし、増やす必要は無いでしょう。これでは一度も袖を通さず終わる服が出てきてしまうわ」


この家にきた初めの頃は、ユランが毎日の様に色々と買い与えるのも、ヴィオレットを慰めるつもりなのだろうと嬉しく思っていたが、どうやら慰め半分趣味半分であったらしい。二年経った今でも定期的に大量の服や装飾品やらお菓子やら……どれもヴィオレットの好みに一致しているのだから感心してしまう。

三回に一回は怒っているのだが、効いている気は今の所しない。そもそも二回は許している自分も、甘やかしている自覚はあるのだ。


「アクセサリーはどうなさいますか？　ロゼット様とお揃いのイヤーカフは付けて行かれるんですよね」

「そのつもりよ。髪は下ろすか、緩く纏めるくらいにするつもり」

「でしたら長さのあるイヤリングなんかが合いそうですね」

「ネックレスはドレスの色に合わせて……指輪はコレだけで良いわ」

左手薬指に光る、大きな石の付いた指輪。ヴィオレットの卒業式の翌日、ユランが家に外商を呼び購入した婚約指輪である。

ヴィオレットとしては、まさか貰えるとは思っていなかった。というか想像すらしていなかった。婚約したのだから、当然の流れと言えばそうなのだけれど。婚約者の段階でユラン名義の家に住まわせて貰っていたし、それ以外にも与えられる物が多過ぎて。結婚指輪はまた別で選ぼうね～なんて呑気《のんき》に笑っていたユランへ、思考が停止して思わず表情が抜け落ちてしまったのは、今となっては笑い話である。思考能力が低下して、結局ユランに任せっきりにしてしまった結果。

「まさかこんなに大きな石の指輪を選ぶなんて」
「トパーズを選ぶ辺り抜かり無いですね」

黄金に輝く宝石は、ユランの瞳そのもの。台座までゴールドで、小さなダイヤがあしらわれ大変可愛らしいデザインではあるが。マリンからすると独占欲と牽制《けんせい》行為が鎮座している様にしか見えない。重そうである、色んな意味で。

「ユランに見守られているみたいで、文句言えなくなっちゃったのよね」

「……ヴィオレット様が気に入ったのなら、それが一番ですよ」


純粋に喜んでいる主に水を差す程、マリンは無能なメイドでは無い。むしろ余計な発言をしてユランにバレた時も面倒だし、ヴィオレットが喜んでいるならまぁいっか、と割り切る程度には重度の主馬鹿だ。


「さて、ではドレスとアクセサリーはこれで……後はお化粧に髪型ですね。腕が鳴ります」

「マリンが生き生きしていて私も嬉しいわ」

「それは勿論」


クスクスと笑うヴィオレットは、美しい。

昨日も今日も明日も、王子様の隣で、幸せに笑うのだ。

変化した様でしていない生活の話

「シスイさん、この荷物何処に置きましょうか」

「あー、それは俺の家持ってくやつだな」

「新作の研究用ですか？　消費もちゃんと考えて下さいね」

「暫くまかないはバゲットサンドな」


大きな木箱を抱えたマリンがキッチンに入ると、コックコートを着たシスイが火の前に立って鉄鍋を振っていた。昼食の時間が差し迫ってはいるが、恐らく朝食を作り終えた後もずっとここに居たのだろう。調理台の上で山を作る野菜くずがそれを物語る。

「悪いな、重いだろ」
「大丈夫です。お家に置いて来ましょうか？」
「いや、そこに置いといてくれたら持って帰る」

ヴィオレットと共にユランの個人邸宅へと移り住み、空っぽだった屋敷もすっかり賑やかになった。マリンは希望通りヴィオレットの私室の隣に部屋を貰い、日々仕事に打ち込んでいる。

それはシスイも同じで、ユランが好きにしろと丸投げしてくれたおかげで己の好きな様にカスタマイズしたキッチンは、彼にとってこれ以上無い職場であろう。実際に毎日、一日中、キッチンに入り浸り、隣にある自室は戻らなさ過ぎてベッドに埃が積もっていた。趣味と実益を兼ねた料理研究の道具でシスイの自室が溢《あふ》れかえりそうになったのは、住み始めてひと月程経った頃だったか。見かねたユランがシスイ用の一軒家を与えると言った時には、流石のシスイも驚いていた。今では広い庭に窯を作ったりと、それはもう好き勝手に活用している。与えるユランもだが、シスイの順応性も大概だ。

「最近また熱心にレシピを考えていますね。ヴィオレット様が、自分の食育をしていた頃みたいだと言っていましたよ」

「あぁ……そんな事もあったな。結局食育になんなかったけど」

若い頃のシスイは自分の料理に自信を持ち過ぎる余り傲慢に振舞う所があった。今でも己の腕に自信はあるし、あの頃だって決して過信していた訳では無いが。吐きそうな顔で己の料理を口に運ぶヴィオレットは、シスイの矜持を圧《へ》し折《お》るに充分で。シスイが、『作った料理』ではなく『料理人である事』を大切にしだしたのは、その時からだった様に思う。

「無理矢理《むりやり》食わせるのは愛情じゃなくて虐待だって、見てて思い知っただけだ」

「……ヴィオレット様は、シスイさんが居てくれて良かったと言っておりました」

「なら良かったよ。正直、俺もどうすりゃ良いのか分からなかった」

ヴィオレットが食べられる物をと色々作りはしたが、実際シスイがしていたのは手当たり次第に試していただけだ。下手な鉄砲でも数を撃てば何とかなると、我武者羅《がむしゃら》に撃ちまくっただけ。幸い彼女の好きな物は見つかったが、もし逆効果になっていたらと思うとゾッとする。

「それで、今回はどんな物を作りたいんですか？　シーナのレシピはひと通り試したんですよね」

「片手で食べられる物のレパートリーを増やそうと思ってな」

マリンがシスイの後ろに持っていた箱を下ろすと、肩越しにスプーンが差し出された。ん、と何の説明もないそれを口に入れると酸味を感じて、シスイの手元を見ると赤い米が美味しそうな香りを漂わせている。

どうやらマリンが食べたのはチキンライスだったらしい。という事は、今日の昼食はオムライスか。


「……いつもと味が違いますね」

「坊ちゃん用だからな」

「味付けを変えるんですか？」

基本的にこの家の食事はヴィオレット仕様で、ユランがそれに意を唱えた事は無い。そもそもユランが出した指示なのだから当然だ。一応彼が苦手とする甘めの味付けは避けているけれど、それもスイーツでなければ特に気にしないと言われている。

「坊ちゃんは何でも残さず食ってくれるが、何にも美味そうにしないんだよ」

「……そうですね」

ユランを見ていると脳裏にチラつく、真っ青な少女の顔。不味いとそっぽを向かれた方がマシだと思う日が来るなんて、夢にも思っていなかった。

「ひと先《ま》ず、選ぶんだったらこれ、くらいにはしたくてな」

「それで色んな味を試してるんですね」

「厳しい審査員に挑むのは腕が鳴る。特に坊ちゃんは言葉を選ばない人だから、相手として最高」

「雇い主にその言い草が出来るのはシスイさんくらいですよ」

「寛大な主で働き易い」

話しながらも手は止まる事無く、あっという間にふわトロオムライスの完成だ。綺麗に盛り付けられ、当然の様にマリンの目の前へ。

「ユラン様の分では？」

「味付けの試作。本番は今からお嬢様の分と同時進行で作る」

「成る程」

「腹が減ってないなら俺の昼飯にするから、どっちでも良いぞ」

「食べます。美味しかったので」

「じゃあ次からマリの分もこれな」


いただきます、と小さく手を合わせたら、背後からどうぞと感情のこもらない声が聞こえた。スプーン山盛りに掬って、大きな口で食べ進める。口の端にソースが付いている気もするが、後で拭えば良いだけだ。


「はぁー……美味しかった」

「皿は置いといて良いぞ」

「ありがとうございます。食堂の準備をして来ますね」

「あぁ、出来上がったらまた呼ぶ」

「はい」


その辺にあった銀食器に映る顔を見て、服にシミが無いかも確かめて。雑に食事をする粗野なマリンは薄れ、ヴィオレット専属メイドのマリンが戻ってくる。美しい主に相応しい、優秀な女性が、銀色の中ですまし顔をしていた。

「行ってらっしゃい」

「行ってきます」

これでも一応、恋の話

　ユランとヴィオレットが住む屋敷には、基本的に人が来ない。招く程親しい者が居ないというのもあるが、元々ユランは人をテリトリーに招きたがらない性質だ。唯一勝手に来訪しそうなギアも、今の所ユランの自宅に興味は無いらしい。未来はどうなるか分からないが。

　なので今日は、かなり珍しい来客の日、という事だ。


「いらっしゃいロゼット、何だか久しぶりね」

「お久しぶりですわ、ヴィオ様。お招き頂けて嬉しいです」

「こちらこそ、来てくれて嬉しい。遠かったでしょう。冷たいデザートの用意をお願いしたから、後で皆さんにも持って行かせるわね」

「仰々しくて申し訳ありません……」

「次期王妃様の外出ですもの。相手が私だからと言って、軽んじて良いものでは無いでしょう」

「分かってはいるのですが、慣れるまでまだ時間が掛かりそうです」

「あらあら」


クスクス笑う二人の周りは、そこだけ花が咲いた様に麗しい。後ろに控える礼服姿の男達がどうにも武骨だから余計にそう思うのだろうか。外で待たせている運転手や、もう二人の護衛を合わせると総勢五人の厳戒態勢だが、会う相手がヴィオレットだからか、これでもいつもより少ない面子《めんつ》である。


「応接室にしようかとも思ったのだけれど、今日は天気が良いしテラスの方にしましょうか」

「そうですね。風も気持ち良くて過ごし易い気候ですし、広いお庭を拝見させて頂きたいですわ」

「ふふ、是非。お花はあまり咲いていないのだけれど」

「お花も魅力的ではありますけれど、私は自然一杯な方が好みです」
「そこまで乱雑では無いけれど……次は奥の森に入れる様にしておくわ」
「ありがとうございます」

にっこり笑うロゼットの後ろで、護衛の片方が微かに目の開きを大きくさせた。ヴィオレットの発言に驚いたのか、ロゼットの反応に驚いたのかは分からないが、もう一人がピクリともしない所を見ると、彼の方が若輩であるらしい。

「クローディア様が気を遣って下さって、色んな所に行かせて貰っているんですが……整備されていない森というのはあまり無くって」
「そうでしょうね。念の為、うちの森に入るってクローディア様にお伝えしておいてね」

我が家の敷地内で、一応最低限の見回りはしているが、基本的に自然のまま生長させているただの森だ。シスイが一角の木々を伐採《ばっさい》し家庭菜園でも始めようかと計画しているが、それでもまだまだ広大な森が広がっている。

「本当に素晴らしいですね。私も何処かの森に別宅を建てて頂こうかしら」

「良いと思うけれど、許可が出そうにないわね」

「ですよねぇ……」

「整備が入った後なら兎《と》も角《かく》、貴女は出来るだけ手を入れて欲しくないんでしょう？」

「幕屋《まくや》生活したいなんて贅沢は言いません」

「問題はそこでは無いのよ。分かって言ってるわね？」

「ふふ、クローディア様にも同じ反応をされましたわ」


テラスの下に広がる庭を眺め、その奥に広がる密集した木々を見て、うっとりした様子のロゼットに肩の力が抜ける。仕方が無いなとも思うし、変わりなくて安心したとも思う。ヴィオレットがこの城でゆっくりと過ごしている間も、ロゼットは次期王妃として忙しくしているのだ。今日こうして会えたのも、その合間を縫って時間を作ってくれたからで、普通であれば擦れ違う事も無い程に生活環境が違う。そして環境が変われば人は変わる。


「本当に、元気そうで良かった。私は社交の場から離れてしまっているし、ここは噂話《うわさばなし》も届かないから」

「私の方こそ、お元気そうな姿を見られて安心しました。こちらは反対に色んな噂を耳にしますから。直接お会いしないと真実がどれだか分かりませんもの」

「やっぱり噂になっているのね」

「ユラン様が先手を打って情報を流してはいますけれど、人は聞きたい様にしか聞きませんので」

マリンの用意したハーブティーを片手に優雅に微笑むロゼット本人も、噂《うわさ》の的《まと》としてある事無い事囁《ささや》かれているのだろう。直接耳にする事もあれば、ご丁寧に教えてくれるお節《せっ》介《かい》も。面倒だとは思うが、最早慣れた事。何をしても何かを言われる、わざわざ訂正して回るよりも、噂の鮮度が落ちて見向きもされなくなるのを待つ方が賢明だろう。社交界に於いて噂は一種の伝統であると割り切ってしまった方が楽だ、己が。

「少し前は私の男性遍歴についてでした」

「随分と直接的な話題ね。珍しい」

「少し前にリトス出身の入り婿が落胤《らくいん》問題で色々とありまして、それの飛び火です。未だにクローディア様の妻にと推薦状が届きますのよ、私宛てに」

「方法も直接的ね」

「折角なので全部クローディア様にお見せしてます。差出人も含めて、ぜーんぶ」

可憐な笑みで告げられた言葉に、本当に変わっていないなとヴィオレットもカップの向こうで笑みを深めた。重圧に負けて心折れる少女であったなら、そもそも王妃に選ばれはしない。柔い見た目に、評価に反して、ロゼットの中身はお転婆やじゃじゃ馬と称された少女時代と変わらない。仮面の被り方を覚えはしたが、売られた喧嘩に泣き寝入りする様なタマではない。

「それは……怒られたでしょうね、相手は」
「みたいですね。でもプレゼンしたいなら私ではなくクローディア様本人にして頂かないと。私に言われたって困りますわ」
「ま、自業自得ね。ロゼットに対してそんな失礼な事をしたんだもの」

ヴィオレットのツンとすました表情は、随分と傲慢な印象を与える。玉座に腰かけ、跪く者全てを嘲笑する圧倒的強者の相貌で、酷く淡い笑みを湛《たた》える事を、知る人は少ない。知れば最後、この人のそういう部分をもっと知りたいと、もっと見たいと、自分だけが触れたいと、望んでしまうんだろう。

――だからこそ、こうして大事にしまわれているのか。

「クローディア様とはどう？　大切にされているの？」
「ええ、大丈夫ですよ。彼の方は分かりませんが、私は比較的自由に過ごせています。公務の付き添いも最低限で、今日だってスケジュールの調整をして下さいました」
「なら良かった。ロゼットってば、手紙にはそういう事全然書かないんだもの」
「ヴィオ様だって、ユラン様の事はほとんど書かないじゃないですか」

輝く太陽の日差しから守られた屋根の下、三段のケーキスタンドの上には、まだまだ甘いお菓子達が並んでいる。美しい人達の白魚の様な手に包まれて、その柔らかな唇に触れる瞬間を今か今かと待っているのに。二人にとってはそれよりも顔を合わせてお喋りする時間の方がずっと惜しい。

「私、とっても楽しみにしているんですよ？　ヴィオ様の恋のお話」

整えられた爪先が組まれて、指の網の上にこてんと傾げられた顔が乗る。淡い色合いの瞳が楽しそうに、好奇心を湛えた少女のそれで細められた。可愛い。とっても可愛いが、向けられているヴィオレットにとっては追い詰められている様な気がしてならない。可憐な笑みに騙される勿《なか》れ、気付いた時には逃げ場が無いなんてザラだと、友人期間が積み重なるにつれて分かってきた。

「……特別な事は何も無いわよ」

「ふふ、お顔が赤いですよ」

「ロゼット！」

気を紛らわそうとカップに手を伸ばしたヴィオレットの頬は艶やかに色づいている。それが頬紅のせいで無い事は誰が見ても明らかで、つい笑みを深めたロゼットに、むすっとしたヴィオレットの視線が刺さる。見る人によっては焦燥感を覚えるだろうその表情も、ロゼットには可愛らしい悪あがきでしかない。ヴィオレットがそうである様に、ロゼットもヴィオレットの友人として同じだけの期間を過ごして来たのだから。

「んんっ、……私だって、貴女のお話を聞くの楽しみにしていたんだからね」

「私達の事はある事無い事書かれているでしょうし」

「紙面を介した情報は鵜呑みにしない事にしています。友人の事なら尚更に」

次期国王夫妻については、何時に起きて寝て、何時に何を食べたかまでもが紙に載り国中を流れている。自ら提出している情報もあるが、残念な事に民衆向けの情報はそのほとんどが虚偽、若《も》しくは曲解されたものだ。叩《たた》けば埃が出る新聞社は多くとも、その全てを裁くには時間も金も掛かり過ぎる。所詮は紙とインクで出来た嘘、国民の興味が移ればゴミとして燃えるのだからと、見て見ぬふりをしているのが現状である。


「ユラン様が手を回してくれているおかげで、随分と減りはしたんですけれど」

「これぱかりはなくならないでしょう。昔から減っては増えてのいたちごっこだもの」

「ですねぇ。リトスでも似た様なものでしたから、慣れてしまってはいるんですけれど」

「いやな慣れではあるけれど、実害が無ければそんなものでしょう。嘘の話が流れても、それを信じた人と対面する機会なんてほとんどないし」

「そこはジュラリアの広さが吉と出ましたね。リトスはここより随分狭いので、民の声が届き易くて」

「何事も善《よ》し悪《あ》しね。民との距離が遠いからこそ初動に時間が掛かるというし」

「クローディア様も適切な距離感を模索しているみたいです。この間もそれでユラン様と喧嘩になりそうだったと」

「そうなの？」

「喧嘩と言うか、言い負かされたと言うか……あのお二人はタイプが真逆ですし、ミラ様が間に入ってくれているのでバランスは取れていると思います」

そうだろうな、と思わず納得してしまった。ユランとクローディアはその特異な関係以前に、性格の相性がすこぶる悪い。互いに無いものを補い合えるので、仕事上では良いコンビであるらしい。それを指摘した時のユランは、稀に見る不機嫌顔を晒《さら》すだけで、決して頷きはしなかったけれど。

「私も自分のやり方を模索している最中ですが、何とかやっていますよ。クローディア様は思っていたよりも柔軟な方でしたし。むしろ私の方が頑固で」

「ロゼットは芯がしっかりしているものね」

「素敵な表現をありがとうございます」

国を跨《また》いで嫁いで来たロゼットの言葉に、無意識に入っていた体の力が抜けて細い溜息が零れた。ヴィオレットにとっては生まれ育った母国だが、ロゼットにとっては数年暮らしただけの外国。偏見差別、文化の違いに苦しんでやいないかと、手紙で語る以上に心配していたから。

「こうして友人と楽しくお喋りする時間もありますしね」

「良かった。お茶のお代わりはいかがかしら」

「是非！　とっても美味しいですね、何処の葉ですか？」

「何処だったかしら……料理長が色んな国から仕入れてるのよね」

そしてそれは廻《まわ》る

楽しそうに話すヴィオレットを横目に、マリンは給仕に精を出していた。日差しや気温に気を配り、お菓子やお茶の交換をして、ヴィオレットとロゼットが望みを口にする前に先回る。いつもの数倍気合が入っている自覚があった。

なんせヴィオレットが友人を招くなんて初めての事だ。それも相手は次期王妃で、隣国から嫁いで来たお姫様。権力に阿《おもね》るつもりは無いが、ヴィオレットの友人というだけで、マリンには最大限のもてなしをする義務がある。

「私の方にもお招きしたいのですけれど、まだ拠点が決まっていなくて」

「即位はまだ先なのでしょう？　今住んでいるのって」

「今は移動が多いのでそれに合わせて転々としています。いずれ落ち着くとは思いますけれど、どうせなら色々試して吟味するのも良いかと」

「ふふ。じゃあ決まったら訪ねても良いかしら？」

「はい、勿論」


マリンは給仕に精を出しながら、穏やかに話すヴィオレットの声に頬が緩むのを抑えるのに必死だった。娘が初めて友人を連れて来た時の様な、保護者に近い目線となってしまう。警戒心の塊であったヴィオレットに心を許せる友が出来た事が嬉しくて、ほんの少し寂しくて、でもやっぱり安心する。

他人を信頼するハードルの高さを知っているからこそ、得難い人物の登場は寂寥《せきりょうかん》感よりも安堵感《あんどかん》の方が大きかった。


「お家もそうですけれど、私としてはリトスへのご招待も叶《かな》えたい所です」

「それは私も行ってみたいと思っているのだけれど……時間が取れるのはまだまだ先になりそうね」

「移動だけでも時間が掛かりますし、宿泊となると……今からスケジュールを調節しても一年は必要かもしれません」

「クローディア様が即位なさったら更にね」
「そうですねぇ……流石に公務での訪問に私用を合わせる訳にはいきませんし、その時はヴィオ様もお忙しくしているのでは？」
「そうねぇ……ユランはあまり私を連れ歩くつもりは無い様だけれど、クローディア様が王となったらそうも言ってられないのかしら」
「ユラン様はシーナとの外交が主《おも》ですし、あちらのお国柄を考えると……どうなのでしょう」

こうして話している内容を聞いていると、自分とはかけ離れた世界を生きている人なのだと実感する。絶対にマリンが理解出来ない身分の差というものは、何年一緒にいても事あるごとに突き付けられる。それがもどかしくて仕方が無かった時期もあったけれど、同じ世界に友人を得た彼女なら、何も心配する事は無いだろう。

「……あ」

スカートの裾が風に揺れて、太陽の場所を確認した。まだ暗くなってはいないけれど、風が強くなっている。室内に戻るかここに残るかでお茶の温度を変えるべきかもしれない。

もし残るのならブランケットか何かが必要だ。

「ヴィオレット様、風が出て参りました。中に入られますか？」
「もうそんなに経っていたのね。肌寒くなる前に戻りましょう」
「そうですね、ありがとうございます」
「応接室には私が案内するから、マリンはお茶の準備をお願い出来る？」
「畏《かしこ》まりました」

扉を潜《くぐ》る背を見送って、テーブルの上を簡単に片してからマリンは給湯室へ向かった。テラスの方は人に任せられるけれど、ヴィオレットへの給仕は他の誰にもさせられない。

さっきはハーブティーにしたが、次はコーヒーでも良いかも知れない。ロゼットはあまり甘い物を好まないと聞いているし、幸い、この家にはユランが飲むコーヒー豆がシスイによって多種揃えられている。ヴィオレットにはアールグレイを淹《い》れるとしよう。ミルクティーにするのも良いが、合わせるお菓子を考えるとストレートの方が相性が良い気がする。

「楽しそうだな」

「シスイさん、戻ってたんですね」

　扉の無い給湯室の入り口の前を通りかかったシスイは、どうやら今から夕飯の仕込みを始めるらしい。片手には何処から取って来たのか分からない野菜が大量に入った木箱を持っていて、何人分作る気なのか甚だ疑問だ。

「坊ちゃんが良い仕入れ先を見付けてくれたんでな。暫くは遠出せずに済みそうだ」

「シスイさんの食育癖が自分に向いたと気が付いたみたいですからね」

「研究熱心と言って欲しいね。だがまぁ、嫌がられなかったのはちょっと意外だったよ。不機嫌顔で余計な事するなって詰《なじ》られる想像もしてたんだが」

「あの人はヴィオレット様以外の事に興味無いですからね」

「徹底し過ぎて清々しかった」

　好き嫌いのどちらも無いユランの味覚を改善したい……自分の料理を美味《うま》いと言わせたいシスイの試行錯誤は、勘の良過ぎるユランにすぐ勘付かれた。いやがられても止めるつもりは無かったが、まさか「ヴィオレットの食事を疎《おろそ》かにしなければ何でも良い」とあっさり見逃すとは。シスイが滅多《めった》に見せない呆《ほう》けた顔で固まるので、近くで聞いていたマリンは二重に驚いたのを覚えている。ユランは他者に対して非情なのでは無く、ヴィオレット以外に関心が無い男なのだ。その『以外』には当然の様にユラン自身も含まれている。

「お客さん来てんだろ。夕飯は」

「それまでにはお帰りになるかと。応接室に向かわれたので、誰かにテラスの掃除を頼んでおいて貰えますか」

「了解」

ティーカートの準備を終えて、シスイの横を通り過ぎた。

カラカラカラと小さな音が静かな廊下に響いている。広過ぎる屋敷は来た当初に比べると随分中身が詰まって来たけれど、それでも部屋数に比して住む人間が少な過ぎる。あちこちで仕事をしているはずの同僚と擦れ違う事も無く、少しして応接室の扉前に赤い髪が見えてきた。ロゼットと共に来た、一番若い護衛だ。どうやら今日は窓の一番大きい部屋を選んだらしい。

赤い髪の青年に会釈をすると、猫の様な丸い目が一瞬だけこちらを見て小さく顎を引いた。まだあどけなさの残る顔立ちは精悍さよりも愛らしさが目立つ。ロゼット達と同じ年頃だろうか。

「失礼致します」

「お入りなさい」

中に一声掛けると、弾む様なヴィオレットの言葉が返ってきた。楽しいのだと聞くだけで分かる、浮かべている表情まで勝手に脳で構築されて、扉の先では想像通りの笑顔がこちらを向いていた。

たまらずに頬を緩ませた自分も、きっと同じ様な顔をしているんだろう。

第一話　重ねた日を指折り数えて

夢に見るだけなら、幸せの象徴だと思えるのに。

それを抱く自分の姿だけは、上手く想像出来なかった。

※※※

「あれ、ヴィオちゃんおはよう。まだ寝てても大丈夫だよ？」

「目が覚めてしまったから……」

「そっか。俺はもう少ししたら出るね」

ふらふらと寝室を出ると、姿見の前でネクタイを結んでいるユランが居た。ヴィオレットが起きるよりもずっと早くに起床していたらしいその身形《みなり》は既に整えられていて、後はタイを締めてジャケットを羽織れば完成だ。急ぎの仕事は無いと聞いていたから、彼が特別に早いのではなく、ヴィオレットが寝坊したのだろう。

ソファの背もたれに掛かっていたジャケットを片手に、ユランが近付いて来た。寝起きでボサボサだろう髪に手を伸ばし、はねっ返った毛先を撫でて、猫を可愛がる様な手付きが擽《くすぐ》ったくて身を捩《よじ》る。そんな反応が楽しいと言わんばかりに微笑まれて、何だか自分が子供になった様だった。

「今日は遅くなると思うし、先に休んでて良いからね」

「分かった……気を付けてね」

「うん。起きたなら朝食の準備をさせるから、もう少し休んでおいで」

甘やかす手付きに、眠りに落ちる前の記憶が呼び起こされる。お休みと髪を撫でる時と同じ、優しい体温に瞼が重くなってくる。寝室を共にする様になった当初は、緊張と恥ずかしさで眠れる気がしなかったのに。今ではユランの居ない広いベッドを寂しいと思う様になった。

「眠たい？」

「だいじょうぶ……」

「ふふ、朝食はもう少し後かなぁ」


うつらうつら、夢と現実の境が曖昧になる感覚が心地良いけれど、出来れば玄関まで見送りに行きたくて今にも幕を下ろしそうな瞼を何度も擦《こす》る。

寝惚けている時のヴィオレットは言動が幼くなるけれど、恐らく本人に自覚は無いし指摘された事も無いだろう。ユランが見られる様になったのも、寝室を一緒にしてからで、それも随分経ってからの事だ。マリンは多少知っていた様子だけれど、自分で起床する事の方が多かった為か、起床直後に人前に出る事はほとんど無かった。

無防備な姿を人に晒すのは怖い、その分、信頼しているから見せられる面でもある。


「お見送り、行くわ。少しだけ待っていて」

「ありがとう。マリンを呼ぼうか。俺はダイニングの方で待ってるから」

「着替えるだけだから自分でするわ、ありがと」

「時間はあるからゆっくりおいで」

部屋を出るユランが扉を閉めた所で、手櫛《てぐし》で髪を整えながら、寝室から繋がる衣裳《いしょう》部屋へと歩を進める。初めは備え付けられたクローゼットを使っていたけれど、ユランが頻繁にプレゼントを買って来るので、隣の部屋を衣裳部屋に充てる事になった。わざわざ寝室と繋ぐ扉まで後付けして、プレゼントの量を減らした方がずっと簡単だったろうに。今まで使っていたクローゼットはユラン専用になったが、こちらは仕事着から部屋着、礼服までユランの衣類が全て収まった上でまだ余裕がある。

綺麗に整えられた衣裳部屋の中は、マリンの手によって使い易い様に片付けられている。ヴィオレットが一人で準備をする事もあると理解しているからか、区画ごとに綺麗に纏められていて、引き出しをひっくり返して探すなんて真似をしなくて済むので有難い。まだ充分に余裕のある部屋だけれど、ユランのプレゼント頻度を考えると、ここもあっという間に埋まってしまうのだろう。

「止めた方が良いわよね……」

毎週の様に増えていくプレゼントの箱はクローゼットの中だけでなく、自室の片隅でも山を作っている。それがいやだと思ったことは無いが、流石に消耗と補給のバランスがおかしいとは思う。ユラン本人の物が少な過ぎるから余計にそう思うのだろう。彼はヴィオレットの為なら湯水の如《ごと》く財を注《そそ》ぎ込《こ》むが、自分の為となると途端《とたん》に無頓着《むとんちゃく》になるから。結婚して何年も経っているが、ユランが自分の物を買ったのは仕事道具だけである。対してヴィオレットは毎週いくつものプレゼントを貰っていて……そろそろ窘《なだ》めた方が良いだろうか。

「……分かってはいるんだけど」

つい数日前に貰ったワンピースに袖を通すと、その時のユランの顔が脳裏に浮かぶ。

『ヴィオちゃんに似合うと思って』

ほんのり桃色に染まった頬で、溶けてしまいそうな視線で、いくつになっても変わらない甘い顔で。可愛い弟分から世界一素敵な旦那様になってもう幾年と経つが、こういう時だけあの頃の面影で笑うのはズルい。ヴィオレットが何も言えなくなるのをよく分かっている。そして実際に何も言えない。ユランがヴィオレットに甘い様に、ヴィオレットだってユランの喜んでいる顔に弱いのだ。マリンに似た者夫婦だと言われても否定出来なかった。

さっきユランが使っていた姿見で確認した姿は人様に会うにはカジュアル過ぎるだろうけれど、夫の見送りに問題の無い程度には整っただろう。くるんとした毛先だけはどうにもならなかったので簡単にサイドで纏めた。

「ユラン、お待たせ」
「ううん、お見送りありがとう」

既に玄関の前に居たユランは、ヴィオレットを待っていたらしい。手に持って出たはずのジャケットは誂えた時にも思った通りよく似合っているし、靴も仕事用に履き替えられている。

足早に近付いたヴィオレットの腰を引き寄せニコニコと機嫌良く笑っているが、妻の影が見えるまでは眉一つ動いていなかった。見送りに並んだ使用人達はもう慣れて、ヴィオレットだけが気付いていない、毎朝の光景だ。

「やっぱり良く似合ってるね。着心地はどう？」

「肌触りも良いし、動き易いわ。ありがとう」

「良かったぁ」


ああ、やっぱり、この顔を見ると何も言えなくなる。どれだけ年齢を重ね、男性として精悍になっても、ヴィオレットに向ける笑顔だけは愛らしい。そして以前は気付けなかった慈しみの光を見付けては、満たされてしまう。


「それじゃあ行って来るね。何かあったらすぐに連絡して」

「ふふ、分かっているわ。行ってらっしゃい。気を付けてね」

「うん」


頰をすり合わせる様にキスをして、車へと乗り込むユランに手を振った。広大な庭を持つ我が家は、ユランが門を潜るよりも早く、ヴィレットの視界からその影が消える。動くものの居なくなった庭を、暫くぼんやりと眺めていた。風に吹かれても寒いと感じなくなったのはいつ頃からだろう。何処に行くにも膝掛けを持ち歩いていたのに、いつの間にか薄手の上着だけで庭を散策したり。優しい葉音に重なって灰色の髪が揺れる。

ユランと同じ姓を名乗る様になって、気が付くと、三年目を迎えていた。

第二話　不変の庭

月日が経つのはあっという間で、毎日が充実していれば更に速度を上げて過ぎ去って行く。明日が来るのに怯えて、夜が永遠であれば良いと願った頃が嘘の様だ。それくらい、幸せに満ちた三年間だった。

ユランが学園を卒業してすぐ、ヴィオレットの姓は変わった。結婚式だなんだと慌ただしかったのは初めだけで、ユランを見送り、ユランを出迎え、お休みと笑い合って眠りにつく日々。婚約時代から共に住んでいるからか、新婚だからといって変わった事は少ない。同じ部屋で寝起きをする様になったくらいだろうか。

「ヴィオレット様、朝食はどちらで摂られますか？」

「そうね……天気も良いし、外で食べようかしら」

「では、準備して参りますね」

何処もかしこも美しい白亜の屋敷は、長い時間を掛けてヴィオレットの好み一色へと成長した。家具から始まり、今では花壇に咲く花の種類までも。中でも外でも妻が快適に過ごせる様にと、ユランが気合を入れて作り上げた要塞は、今日も役目を全うしている。

最近のお気に入りは、増やしたテーブルセットと周囲の庭園。丁度満開になった花々を眺めてゆっくり過ごすのが、ここ最近のルーティンとなっていた。


「はぁ……」


日差しと風が心地良い均衡を保っている。浴びる全てが柔らかくて、朝食を摂った後は本でも読もうか、それとも裁縫でもしようか。今から始めれば大きい縫物も出来るし、刺繡をするのも良い。確か無地のハンカチがあったはずだ。

「過ごし易い気候になりましたね」

「ええ。ブランケットは片付けても大丈夫そう」

「念の為各部屋に一枚は置いておく様言われていますが」

「手入れが大変でしょう？　ユランには私から言っておくから」

「では数枚残して、後は片付けてしまいますね」


ヴィオレットのくしゃみ一つで常設される事になったブランケットは、当然定期的に交換もされて清潔に保たれている。しかしヴィオレット自身お気に入りの物を持ち歩いていたので、部屋にある物を使う事はほとんどなく、ただ洗濯物が増えただけ。それなのに誰も不満の声を上げないのだから、この家の最優先事項を良く分かっている。


「何だか不思議な香りがするわね」

「どうやら最近スパイスの調合に興味がある様で」

「この間まできのこ料理に熱中してなかった？」

「シスイさんは『料理』というジャンルそのものに熱を上げていますからね」


鼻の奥を刺激する香りは慣れないものだったが、シスイが作ったなら口に合わないはずが無い。いちいち料理の説明をする人でもないから、凝っているというスパイスが何処に使われているかは分からないけれど、シスイがヴィオレットに出しても大丈夫と判断したなら間違いは無いだろう。

「マリンはもう食べたの？」

「ここ最近のまかないでいやという程協力させられました」

「あらあら……」

「ですが、おかげで良い出来だそうです。味は私も保証します」

「ふふ、それは楽しみ」


朝食の席は、黄金色のパンとスープで整えられた。バスケットに山を作る三つ編み達、合わせたスープには大きめの具材がごろごろ入っていて、食後のデザートは冷蔵庫の中で出番を待っている事だろう。

緑一杯の景色《けしき》も相俟《あいま》って、ピクニックしている気分だ。広大過ぎる庭は少し場所を変えるだけで新しい顔を見せてくれる。


「食事が終わってからも少しゆっくりしようと思うの」

「それは良いですね。今日はお洗濯日和《びより》の良いお天気ですし、後で何かお持ちしましょうか」

「そうねぇ……」

小さく千切ったパンを口に入れて、もぐもぐと咀嚼《そしゃく》する間考える。日差しは気持ち良いし、遠くに聞こえる囀《さえず》りも素敵だ。何かに集中するには日差しが柔らか過ぎて眠ってしまいそうだけれど、それもまた有意義な時間だろう。うたた寝をしてしまってもおやつの時間になったらマリンが呼びに来てくれるだろうし、今日は、今日も、訪ねて来る人は居ない。

「本でも読もうかしら。しおりが挟んである物が部屋にあるから、それをお願い出来る？」

「勿論」

ティーポットを持ったマリンが穏やかに笑う姿も、この三年で慣れてしまうくらいに見てきた。生家に居た頃も二人の時にはそうして笑ってくれていたけれど、強張った表情の方が何倍も多かった。

優しさに満ちた毎日だった。この日々が終わる悪夢に脅えても背を撫でてくれる人が居て、目覚めれば笑い掛けてくれて、そんな幸せを日常にしてくれた。大好きだと言えば同じ言葉と抱擁を返してくれる。世界は小さくて良いのだと、この広く小さな箱庭で生きる事を許してくれる。

変わらない毎日、変わらない、私の世界。

その全てが果ての無い愛情で、全部全部、私の為だった。

第三話　喝采を

例えば伸びた髪だとか身長だとか、体型や顔立ちに表れる者も居る。どれだけ軽微だろうと日々には変化があり、同じ毎日は無い。それは成長であり、老化であり、劣化であるかも知れない。どれであろうと示す結末は同じだ。

変わらない小さな世界を一歩出れば、三年という月日は人の形をしてその長さを語る。

「ヴィオレット様、お手紙です」

「ありがとう」

部屋で読書をしていたヴィオレットの許《もと》に、美しいすみれ色の便せんを携えたマリンが顔を出した。両手に持ったその色だけで、ヴィオレットには差出人が誰か手に取る様に分かった。

「ロゼット様からですか？」

「ええ、そろそろ予定日だから、暫く返信出来ないって。落ち着いたらまた手紙をくれるそうよ」

「もうそんな時期なのですね」

「ユランから話は聞いていたけれど、あっという間だったわ」

金属のペーパーナイフで切り開いた手紙は、いつもより短い文章で近況を伝えていた。手紙のやり取りを始めて早数ヶ月、最後に会ったのは更に前。その時はまだ本人も知らなかった程だから当然ヴィオレットも知らなかった。

「お祝いはどうしようかしら」

「ユラン様が自分で用意すると」

「家ではなく私個人としてロゼットに贈りたいの。王子誕生の祝いは沢山貰うでしょうけれど」

「そうですね……外商をお呼び致しますか？」

「少し考えるわ、ありがとう」

部屋を出るマリンを見送った後、一人になったヴィオレットはデスクの引き出しを開けた。同じ色の便せんが幾重にも重なり、同じだけ減ったレターセットは新しい物を開けたばかりだ。

机の上には、紫色に光る万年筆が転がっている。学生時代に約束した、ロゼットと揃いの美しい宝石のペン。手紙のやり取りは必ずこれでと、互いに近況を綴《つづ》ってきた。間隔を決めた事は無いが、半月に一度届いていた頼りがこの一年は月に一度、二月に一度とバラバラで。理由は簡単、ロゼットが妊娠したからだった。

「第一子……」

ロゼットが王太子妃となって三年目に、彼女の懐妊が国中に知らされた。無責任に急《せ》かすだけの老人達の声を右から左へと流しながら夫婦で公務に勤《いそ》しみ、ロゼットがこの国の生活と仕事に慣れてきた頃、手紙で知らされた内容は、喜ばしいが現実味が無いものだった。

周囲に妊婦も赤子も居なかったというのもあるが、更にそれが同じ年齢の友人となると、上手く想像出来ない。その姿を見ていないから余計にそう思うのだろうか。ロゼット本人から報告されてからは、たまに彼女の姿を見るというユランに近況を聞いたり、時には贈り物を届けて貰ったりと対面以外の交流はしていたけれど。過保護過干渉が横行する王宮では庭を散歩するのも一苦労だと書かれてあったのはいつの手紙だったか。

（クグルスの名前ではユランが用意してくれるけど、私個人では……）

王太子妃に対してではなく、友人として贈るとして、一体何が喜ばれるだろう。花や宝石という候補はあれど、そもそもロゼットはそういった物に興味が無い。

デスクチェアに腰を下ろし、沈んだ重力のままキィと回る。背もたれに体を預け足を組むと、まるで何処かの組織の女頭の様だ。少し佇《たたず》まいを砕いた所で損なわれる事の無い迫力は、年月を経て増す事はあっても減る事は無い。

「……もう一年経つのか」

正確には十ヶ月、いや更に短いのか。胎児が成長し生誕するだけの月日は経った。

喝采に沸いた国を遠くから眺めていた日すらもう淡い。もうすぐ更なる祝福で国中が、隣国すら巻き込んで祝杯を挙げる。自分はそれすら遠目で眺めるのだろうかと、ヴィオレットはどうにも夢を見ている様な気持ちだった。

第四話　金色

ロゼットの妊娠を知った時、真っ先に思い浮かんだのは、祝福よりも心配――不安だった。クローディアとロゼットは政略結婚ではあったが、ゆっくりと育まれた愛の中で幸せに暮らしていると知っていたし、子を宿した妻に無理をさせる男でも、自らを犠牲に働く女でも無い。

ヴィオレットが不安になったのは、生まれてくる子に対してだった。

性別がどちらであるかを気にする者は多かろう。仮に女児を産んだからといって、直接文句を言う阿呆《あほう》は居ないだろうが、陰で耳を塞ぎたくなる会話をする連中が居るのは明らかだ。

男児を産んでも安心は出来ない。健康云々、五体満足かどうか。そして同時に、その目が美しい黄金かどうか。もしロゼット譲りの紫色であったら、未だ口も手も出してくるご老体達はこれでもかとロゼットを罵るだろう。親の遺伝子を継いだだけの赤子と、それを命懸けで生んだ母に対して、鬼畜の所業としか言い様の無い言動を、さも正しいという顔で行うのだ。

たかが目の色、考え過ぎだと、そう思う方が健全だ。しかし、この狭く古い世界では、その健全さは見通しの甘さでしかない。たかが目の色で捨てられた人間は存在する。

「ヴィオちゃん、今大丈夫？」
「ええ。どうしたの？」
「王子誕生の祝い、いくつか候補を選んだんだけど見て欲しくって」
「勿論。任せっぱなしでごめんなさい」
「気にしないで、仕事柄慣れてるから」

優しく細まった目の色は、金。この国では何よりも価値のある色。この色であったから、見捨てられた人。

今、国はロゼットの妊娠で沸きに沸いている。クローディアの傍で働く彼は、閉じ籠っているヴィオレットよりもその光景を近くで見て感じているはずだ。誰もが誕生を心待ちにし、毎日の様に祝福の手紙が届いて、民は皆口々に期待を口にする。そんな彼らへの対応は、ミラとユランを中心に行われる。

その全ては、ユランの目に、心に、どう映っているのか。


「ロゼット様の好き嫌いとかって分かるかなぁ？　妊娠中で味覚変わったりとかある？」

「どうかしら……甘い物が得意でない事は知っているけれど、妊娠中はどうかしら」

「そっかぁ……食べ物以外でも考えてみよう。消耗品なら何でも良いかなって思ってるし」

「消耗品は決定なのね」

「そっちの方が向こうも良いかなって。今ですら贈り物が多過ぎて大変だからねぇ」

何でも無い事の様に手帳に視線を落としているユランの横顔は、いつもと変わらない。眠る前の夫婦の雑談、その話題の一つとして話しているだけで、そこに何の感情も浮かんではいなくて。興味が無い、が一番適切。

「お披露目の日はヴィオちゃんも来る？　その日だったら皆、赤ん坊に夢中で自由に過ごせると思うし」

「そうね……」

「ヴィオちゃんなら王太子妃様も直接会いたがるんじゃないかな」

楽しみだねぇなんて、笑っている。その気持ちは何処にあるんだろう。きっとその体の何処にも、生まれてくる赤子への感想は無い。好きも嫌いも、妬みとか恨みとかも。ユランにとって、血縁の上では甥《おい》か姪《めい》になる相手であろうと。正も負も抱かない事が本当に健全なのか。そしてそれを問うても良いのか。

何も分からないのは、何もせずに運ばれてくる幸せをただ、受け入れていただけだから。

第五話　王の隣に並ぶ者

「子供が生まれる」
「へぇおめでとう」
「気持ちがこもっていないね」
「こめてないからな」

手元から視線を上げる事すら無く、会話よりも仕事を優先する姿勢を崩す事は無い。ミラはわざと簡潔な物言いをしたが、それについて聞き返す事も無い。いや、気付いてすらいないのか。それくらいの無関心。

「ロゼット様がご懐妊なさったんだよ。安定期に入るまで発表はしないが、その予定だけは組んでおいて」

「承りました。リトスへは？」

「ご本人が手紙を書かれるとの事だ」

「そ。時期はこっちで設定するから、それだけ守ってもらって」

「こっちでの発表よりは先じゃないと体裁が悪いぞ」

「そこは調整するけど、何処から漏れるか分からないだろ」


ちらりと、眼球だけがミラを貫く。それすら無機質、光なんて一ミリも感じさせない視線には、ここ数年ですっかり慣れた。金色に染まる目は人形に嵌《は》め込まれた鉱石と同じ、血の気配がしない。

「そもそも、俺にも言って良かったのか。老公共はいやがっただろう」


絢爛な城に居ても、決して見劣りしない美しい青年は、その美しさ故に城を追われた。金に輝く目をしていたが故に、それを尊ぶ者達に捨てられた。

年月を経て、国の未来を担う人間になっても、未だユランを認めない者は居る。ユランの出生を捻《ね》じ曲げた者達が、再びその人生を圧し折りたがっている。それを見越していたから、ユランはここに至るまであらゆる準備をして、自らの価値を高めた。今となっては、ユランを陥れるデメリットが大き過ぎて誰も手を出せない。内心でどれだけ蔑んでいたとしても。

「仕事上、報告しない訳にはいかないだろう？」
「大々的に発表した後ならまだしも、内密にしている間はお前一人で事足りる」

感情の窺えない瞳で、口元だけが笑みを含む。嘲笑と言うには感情が無く、愛想笑いには満たない、それが今のユランが付ける仮面だった。好青年としてあらゆる者の懐に入り込んでいた猫は、もう必要無いらしい。誰に対しても何に対しても同じ顔、同じ声、いつも波風の立たない状態で過不足無い仕事をする。信用は出来るが信頼は出来ない、そういうタイプの優秀さ。

「……クローディアも、ユランにはちゃんと伝えてくれってさ」
「へー」
「せめてもうちょっと反応が欲しい所だね」

「予想通り過ぎてこれ以上は無理ですね」


筆を走らせていた手帳を閉じて、漸く上げた顔はやはり人形染みていたけれど、言葉の端々に呆れの様な物が滲んで聞こえたのは、ミラの気のせいでは無いだろう。

凪いだ水面の様に一定なユランだが、クローディアが関わるとそこに小さな変化が生まれる。波紋を描くのではなく温度が変わる様な変化であり、上がるのではなく冷めて行くものではあったけれど。


「血縁としての義務とでも思っているんだろうが、いい加減俺をその括《くく》りに入れるのを止めたらどうだ」

「俺に言われてもね。それにあいつがそう扱うから防げてる災《さい》もあるだろ」

「災だけ防げればそれで良いって言ってんだろ。そう思わせれば充分だ」

「そういう器用さが無いから俺達が居るんだけどね」


利益だけ受け取って蔑ろに出来る卑劣さがあれば楽なのにと、思った事はある。ミラとてクローディアの清廉さを尊べる程純粋では無い。だがその清さを失えば、クローディアが国を背負う意味が無い。それこそもう一人の金塊を据えれば、余程上手くこの国は潤う。

「生憎《あいにく》俺は、あいつのそれを美徳とは思わない」

「ユランはそれで良いんじゃない？　代わりに俺が思ってるから、バランスは取れてる」

「お前本当に鬱陶しいな」

「あははは」

第六話　妄執の果て

何度か想像した事がある、自分が生まれた時の事。喜ばれたのか疎まれたのか、きっと疎まれたんだろうな。でももしかしたら、誰か、祝福してくれた人は居たんじゃないか。そんな期待を、した事があった。

無垢《むく》で無知で無邪気な子供達が、粉々《こなごな》に砕いてくれた希望。甘い幻想を抱いた幼い子は、今更甦《よみがえ》ったりしない。

※　※　※

「あ、帰って来てたんですね」

「せめて第一声はおかえりにしたらどうだ」

「おかえりなさいませ、坊ちゃん」

「……はぁ」


玄関を潜り、恭しい出迎えを横目に歩く廊下の先で、見慣れたコックコートの男が紙袋を抱えて横切ろうとしていた。ユランの帰宅に気が付いて顔を向けても、頭を下げる事はしない。客人の前では弁《わきま》えろと言い聞かせてはいるが、これまでこの屋敷に来たお客はヴィオレットの友人だけなので、あまり意味は無かったかも知れない。

王子誕生への期待に比例して忙しくなるユランの帰宅は基本深夜だが、出迎えをする訳でもないのにこうして起きているシスイは何をしていたのか。腕にある野菜たっぷりの紙袋を見れば大体想像が付いたが。


「わざわざこっちに来るとは、流石に二軒目をやる気は無いぞ」

「俺も流石にそこまで図々《ずうずう》しいつもりは無いですよ。いいスパイスが出来たんで、保存食作るついでに朝食の仕込みを始めようかと」

「あぁそう……」

出来たなら寝ろよと思わなくも無いが、人の生活に口を挟む程興味は無い。言った所で聞きはしないだろうが。

「夜食でもお作りしますか？」

「あぁ……風呂に入ったら仕事をする、書斎に何か持って来てくれ」

「畏まりました」

ネクタイを乱暴に緩めて、首を傾けるとパキパキと音が鳴る。書斎への距離がいつもより遠く感じるのは、いつもより足取りが遅いから。

肩に圧《の》し掛かる重みが重力によるものでは無く疲労からきているという自覚はある。普段の業務にプラスしてお祝いへの対応や各地への連絡が増えて、寝る間を惜しんでも時間が足りない状況だ。睡眠時間は幾らでも削れるけれど、ここ数日妻の寝顔以外を拝めていない事が何よりストレスだった。

仕事の為にと設けた書斎は、実際あまり使う事が無い。仕事を持ち帰る事が少ないのあるが、基本的にユランは帰宅したらヴィオレットの隣に引っ付いている事が多いから。持ち帰って仕事をするくらいなら、仕事開始時間を早めた方が良い——その想いは変わらないが、今はそれでも時間が足りない。

「チッ……絶対意図的だろ老害共め」

人に任せられない紙束が詰まった鞄をソファへと放り投げる。ジャケットを脱ぐ仕草から何まで、どうも所作が乱暴になるのは精神状態の表れだろう。取り繕うべき相手が居ないから余計に、口も指先も粗野で荒々しい。

「はー……」

使い始めて数年、未だ美しい光沢《こうたく》を保ったままの椅子に腰を下ろし長い長い息を吐いた。腕で目元を覆って首を倒すと、灯りが遮られて眼球の奥が落ち着く気がする。疲労が溜まると真っ先に自覚症状が出るのは目だ、次に腕、そして肩や首。

大して緊急でも無い仕事が山を作り、毎日毎日進捗をせっつかれる。古《いにしえ》の経験を未だ振《ふ》り翳《かざ》しては踏ん反り返っている老公達の中に、ユランの誕生を反対した者がどれだけ居るのか。自分の養父母は命に対する倫理を優先する人だったが、この国の中枢は古ければ古い程、金色の信徒である。そして金眼を尊ぶからこそ、王族以外が金色を身に宿す事を許さない。

いっそ殺してしまえと唱えた者は、どんな顔でユランの前に立っているのだろう。

「あいつの即位までに全員追い出せるか……」

頭が痛くなりそうだ。ヴィオレットを手中に収める為の無茶《むちゃ》は幾らでも出来たけれど、収めた後の無理は禁物だ。どんな流れ弾があるか分かったものでは無い。気に入らないならクローディアに直接異を唱えればよいものを。せっせといやがらせを続ける根性があるなら、正義面してユランを排除すれば良いだけなのに。それが正しいと思っているなら、信仰に則《のっと》り、死んでくれと指差し咆《ほ》えれば良い。

（生まれるまでの辛抱……で、あれば良いけど）

王太子妃の腹に居る、新たな王族。順当にいけば、この国の未来を担う者。

性別や、二子、三子の問題、何よりその目の色彩はどうなのか。もしロゼットが何らかの理由で出産出来なくなったり、新たな子を育めなくなった場合。理想は金目の王子様の誕生だが、生命はいつだって人間の掌の外で誕生する。産声《うぶごえ》を上げるその瞬間まで、誰もその命に触れる事は出来ない。

仮に金目では無い女児が生まれたとして、対処法はある。簡単な話、金色の目をした王子様の誕生まで、クローディアに子を作らせれば良い。ロゼットが無理なら側室でも囲えば良い。実際そうして生まれた者を、ユランは良く知っている。不運な事に、その者は先に金目の王子が生まれていた為に存在を握り潰されたが、そうでなければ諸手《もろて》を挙げて歓迎して貰えたはずだ。問題は、倫理や道徳、あらゆる者の人権を無視した行いである、という事くらいで。

人権など無くとも人は育つと己《おのれ》が人生で証明している身としては大した問題では無いと思っているが、あの清い王子様には到底向かない方法だろう。

「下手な事して国際問題もだっるい……」

アームレストに頬杖《ほおづえ》をついて考える。生まれる子を単純に喜んでいられるのは国民と一部の狂信者だけで、対応する側の自分達はあらゆる可能性を考慮し先の先のその裏まで読んでおかなければならない。特にユランは実体験もある分、より多くの想定が出来てしまう。クローディアやミラが、気付かない部分まで。

「坊ちゃん、入っても構いませんか」

「あぁ」

　硬質な音が響いて、思考が遮られる。顔を出したシスイの手にはポットと大きめのスープカップ。あれからそれ程時間は経っていないから、作り置いてあった物を温めたんだろう。作業の手を止めず、片手で食べられて手が汚れない物。夜食の定番となったコンソメスープは、わざわざ具材を無くしたユラン仕様だ。


「鞄を取ってくれ」

「はい。随分重いですね」

「紙の束だからな。無駄遣いとしか思えない」

「お疲れ様です」

「どーも。彼女は変わりないか」

「マリンと一緒にロゼット妃へのお祝いを考えてるみたいですね。元気そうですが、坊ちゃんを心配してるみたいですよ」

「…………」

「仕事に口は出しませんが、食事だけはちゃんと摂って下さい」

「お前のそういう所が嫌いだよ」
「それはどうも」

第七話　情は通わぬ

帰宅したのは深夜だが、仕事へ向かうのは早朝に片足を突っ込んだくらいの時間だ。太陽すら半分も顔を出していない、薄《う》っすら夜の名残《なごり》を残している空を美しいと感じる暇は無い。

シャワーを浴びて着替える、その間に朝食は車の中にでも準備されている事だろう。シスイはユランに美味しいと言わせたいらしいが、今の所『片手で食べられて便利』以外の感想を抱いた事は無い。ヴィオレットの希望さえ叶えてくれれば他は好きにして貰って構わないが、こんな腕の振るいがいもない相手によくもまぁ熱心だこと。毎日試行錯誤に楽しそうで何よりだ。

適当なタイを首に引っ掛けて、寝室の扉を静かに押す。古い屋敷も手入れをすれば滑らかな動きで道を開いてくれる。流石に初めて訪れた時はキィと不快な音を立てる箇所も少なからずあったが、今では何処を切り取っても潤いのある人の住む場所になった。そうなるだけの時間を、過ごしてきた。

ベッドの上に描かれた緩い山が微かに上下している。それだけで、まだ始まったばかりの今日が幸せに終わる予感がした。胸の真ん中に柔らかな綿が膨らんでいく様な、穏やかで幸せな感情。その心地良さに思わず笑みが零れ落ちて、あまりにも単純な自分に呆れてしまった。馬鹿だなぁと思う、そして、一生馬鹿なままで良いと思う。

（良く寝てる……）

足音を立てない様にして近付くと、淡い色のシーツに溶ける様に紛れる髪が覗いて、その先を辿ると雪の様に白い肌が見えた。伏せられた睫《まつげ》毛が呼吸の度に微《かす》かに揺れるけれど、息苦しそうな様子は無い。隠れた鼻と口で器用に隙間から呼吸をしているらしい。

柔らかな布団の中で、胎児の様に丸くなって眠るのは、今更変えられないヴィオレットの癖だ。共に眠る時は普通でも、朝起きるとユランの腕の中で丸くなっている。苦しくないのかと尋ねた事もあるが、無意識の内にそうなっていると言うし、矯正する様な事でも無いだろう。

枕元に腰を下ろしても起きなくなったのは、いつ頃からだっただろう。ユランは元から寝付きが良くないけれど、ヴィオレットも人の気配に敏感な方だった。寝室を共にしたばかりの頃は、互いに眠れず夜通し昔話をしたりして。ユランの寝不足を心配したヴィオレットに寝室を分けようと提案された時は、みっともなく焦ったのを覚えている。


「少し、顔色が悪いかなぁ……」


触れるか触れないかの距離で、ヴィオレットの閉じた瞼の上で指を滑らせる。こうして寝ている姿は毎日見ているけれど、起きている姿を最後に見たのはいつだったか。白い肌に血色が少なく感じるのは、寝ているからというだけでは無い気がする。

気を揉《も》ませているのは知っている。友人の出産だけでなく、その子をユランがどう思うのかにまで考えが及んでしまうのは、ただ思慮深いからでは無い。通じる経験があるから、簡単に想像出来てしまう。期待を裏切られた者の暴挙を、その人生が物語る。

申し訳ないと思う。寂しい想いをさせている事も、心労を掛けている事も、可哀想にと思う。そんな事、気にしなくて良いのに。

「ヴィオちゃんは優しいねぇ……」


冷たい指先は、ずっと冷たい。だからきっと触れていない。彼女の体温を感じないから、ユランはずっと冷たいままだ。何処までも、果て無く、失くしてゆける。

生まれてくる子がどんなでも、もし不幸にも生まれる事が出来ず終わっても、どうでも良い。金眼でもそうで無くても、男児でも女児でも、祝福が落胆に変わっても、それで傷付く人が居ても。愛しもしないが憎みもしない、恨みは無い、妬みは無い、羨ましいとさえ思わない。

何でも良い。興味が無い。

今更、もう、何も。

第八話　かつてのガラクタ

蕾《つぼみ》が花開く麗《うら》らかな陽気の中、国中の祝福を浴びて、一人の男の子が生まれた。
金糸の髪に、白い肌、長い睫毛が美しい――淡い紫の目をした王子様が。

※※※

王子生誕祭は、絢爛《けんらん》という言葉が良く似合う豪華さで執り行われた。生後数ヶ月の赤子を抱いたロゼットとクローディアを囲む大勢の人達。可憐に微笑むロゼットを遠目に眺めながら、久しぶりのパーティー会場に気分は変な方向に高揚している。

「すっげェなぁ。子供生まれただけでえらい騒ぎだ」

「ギア、貴方国賓でしょう。こんな所に居て良いの？」

「良いの良いの、親父のおまけで来ただけだし。ユランからも頼まれてるしなぁ」

「私は一人でも大丈夫よ」

「なんも大丈夫じゃないのは俺でも分かんぞ」


壁の花と化していたヴィオレットの隣にいるのは、何処から持って来たのか分からない大量の食べ物を携えるギアだ。飲み物だけで特に何も食べていなかったヴィオレットだったが、その光景だけでお腹が重くなった気がする。

ユランとは外交の席で良く顔を合わせているらしいが、ヴィオレットにとっては数年ぶりの懐かしい対面なのだ。あまりにも気安く話し掛けてくるので、久々の邂逅が昨日の延長の様に思えてならない。だからこそ、ユランはギアに頼んだのかも知れないが。


「ユランも引っ張りだこだなー。ちょっと痩せたか」

「やっぱり、分かるわよね」

「ロゼット妃の妊娠で忙しくしてたろ、あいつ。顔合わせる暇無くてな」

「私もよ。毎日私が起きる前に出て、眠った後に帰って来てたから」

「あぁそれで、ストレスやべぇって顔してら」

ケラケラ笑う豪快さも、学生の頃のままだ。次期国王と呼ばれる豪傑だが、見目は愛らしさの抜けぬ少年そのもの。ユランが外交を担当する様になってから、友好的な関係を築けているらしいけれど、それはユランがこの見た目に惑わされずにいるからだろう。

向けられる不躾《ぶしつけ》な視線も意に介さず、堂々とした姿で立っている。美しい獣の様な男。強さこそ全ての国で、何の疑問も無く己が一番であると知っている男が、ただの少年であるはずが無い。


「この国はめんどいなぁ」

「…………」

「それに、頭も悪い」


シャンパングラスの中で、小さな泡が弾けた。ただの酒だ。ただの、金色に、この国はずっと昔から酔い潰れている。

「俺達の肌を嫌って、次は自国の王子様の眼を嫌うか」

「それが、頼まれた理由？」

「俺が一緒なら近付けんだろってさ。オブラートを知らん奴だよなぁ」

自国には無い褐色の肌を指差し蔑む者は居ない。しかしその目が怪訝《けげん》に陰《かげ》る事を知らぬ者も居ない。今更取り繕ったとて、多くの偏見と差別によってシーナの国民は蔑まれて来た。異質を嫌う、変化を嫌う。経験と言えば聞こえはいいが、結局は老いた分だけ固くなっただけの事。今度はその視線を産まれたばかりの赤子に向けている。

遠くで、柔らかいブラウンの髪が揺れた。人混みでも見失う事の無い長身は、腰の曲がった者達に囲まれても歪む事なく佇んでいた。その顔に張り付いた笑顔が偽物である事は、この距離でも分かるけれど。きっと彼を囲む者達は誰一人として気付いていない。

「機嫌最悪だな。何言われてっか想像できっけど」

黄金を携えて生まれた赤ん坊は、国の為だと捨てられた。それが今、国の為にと、誰もが手を伸ばしている。

「ははっ、虫みてぇ」

「……そうね」

黄金に群がる細腕のいくつが、幼きユランを突き飛ばしただろう。枯れ枝と成り果てた老人達は、今でも彼を救いを乞う孤児だと思っているのだろうか。

国を支えてきた手腕も寄る年波には敵わないのと同じ。

命一つ己のものでは無かった赤子は、もう、何処にも居ないのに。

第九話　時代を担う

光に吸い寄せられるのは蛾《が》だっただろうか。ならば、一度捨てたゴミに擦り寄る彼らは蝿《はえ》か何かか。さっきから周囲を飛び回って鬱陶しい事この上無い。薄っぺらい笑顔の下に醜い欲が透けて見える。お粗末な仮面だ、そんな紙のお面で騙せると思われている事も腹立たしい。既に身長も超えて、蓄えた人脈や権力が対等になっても、彼らにはユランが、訳も分らず手を引かれていたあの頃のままに見えるらしい。

見誤られる分には一向に構わない。実力を正しく測れないのは、愚か者に良くある事だから。煩わしいのは、彼らの望むまま動くと思われている事だ。

「なぁユラン君、君もそう思うだろう」

わざとらしい媚《こ》びた声に、ウェイターの数を数えていた思考が呼び戻される。気持ちの悪い声だ。自分の親と同じ年頃の中年男性のにやけた面と合わさると、吐き気を催す不快さである。分かり易く顔を顰《しか》めてやっても良かったが、場所が悪い。一応ここは、新たな王子様の誕生を祝う場である。この会の為にヴィオレットとの時間を削ってまで仕事をしたのだ、成功してくれなければ、彼女に寂しい想いをさせた事が無駄になってしまう。
正直、何一つ聞いていなかった。会場を忙し無く動き回っていたはずが何故か呼び止められ、談笑が始まった瞬間から、ユランの脳内は溜まっている仕事の事だけだ。それに、聞かずとも分かる。

「君は優秀だ」
「君の血は本物だ」
「君には素質がある」
「君だって権利がある」
「君だって、金の眼を持っている」

良く回る舌だ。どいつもこいつも、二十年前の発言を忘れているのだろうか。その金の眼があったから、この国はユランの存在を許さなかったのに。

「クローディア様も優れたお人ではあるが……ねぇ？」

「品行方正な方だが、政《まつりごと》は綺麗事だけではやっていけぬ」

「駆け引きというのも時には必要だ」

「その点、君はシーナと渡り合う才を持っている」

随分とお粗末な媚びの売り方だ。クローディアが清廉潔白な事も、ユランが腹の探り合いに秀でている事も事実だが、そんな下手なお世辞でユランの心が揺れると、本当に思っているのだろうか。だとしたら嘗《な》められたものである。鼻で笑うのも馬鹿馬鹿しくなる出来だ。

もう充分相手はした、そろそろ仕事に戻りたい。その思いで視線を向けると、何を勘違いしたのだろうか。不気味さを覚える笑みが一層深まり、蛇の様な身のこなしで、一人の男が囁いた。

「君こそ、次代の王に相応しい」

あぁ、本当に。嘗められたものだ。

第十話　甘やかな毒

どうやら彼らの中のユランは、捨てられた妾腹でありながら、未だ国への承認欲求を抱き続ける健気《けなげ》で憐《あわ》れな若造であるらしい。ここまで馬鹿にされるといっそ大笑いでもしてやりたい所だ。こんなにも面白く無い会話が出来るなんて、最早才能と言える。

「――はっ」

口角が上がる。皮肉に歪む。この顔が嘲笑以外に見える事は無いだろうと、鏡を見ずとも察する事が出来た。びくりと震えた肩に、正しく伝わった様で嬉しい。馬鹿げた提案であると、理解してくれて、助かる。

「止めておいた方が良い」

俺を王にするなんて、俺を王にして、今の権力を維持しようなんて。

「俺が王になるなんて、あり得ないだろう？」

お前らは、絶対にしない。たとえユランが望んだとしても、絶対に。耳障りの良い言葉で飾っているが、彼らの未来設計図は簡単に窺える。

要は、ユランに金目の子を作れと言っているのだ。いつか思い浮かべた、人権度外視の子作りを、クローディアではなくユランにしろと。そして産まれた暁には、その金色は王太子夫妻の子として献上される。あの美しい王子様がそれを受け入れるとは思えないが、国民に触れ回ってしまえば頷く以外の方法は無い。

ここまで馬鹿にされると、いっそ清々しい。王にすると言えば、喜んで頷くとでも思っていたのか。思っていたのだろう、でなければ、こんな場所で持ち掛けたりしない。クローディア達が祝福される姿を見て、ユランが妬み嫉み、差し出された甘い蜜にむしゃぶりつくと。

「今の発言を記録出来ていない事が残念だ」

その顔に浮かぶのは、怒りか焦りか。見下し嘲《あざけ》り傀儡《かいらい》にしてやろうと思っていた、かつての芥《あくた》に袖にされた事への憤りか、己が発言を誰かに告げ口されやしないかという焦燥か。どちらでも良い。どちらでも、ユランの答えも行動も変わらないから。

群がる老公達の脇を抜けて、遅れた分の仕事を脳内で捌《さば》いていく。会場の方は問題無く回っている様だが、ここには今あらゆる国の貴賓が集まっているのだ。外交を担う自分が長時間些事《さじ》に拘束されるなんて、本来あってはならない。それも計算の内か。

ユランの仕事など幾らでも代わりがいると思っている、順調に代替えを行い、末には子だけ受け取って追い出そうとでも画策していたか。ユランに出来るなら誰でも出来る、そんな侮りがそこかしこに散らばり、何処を歩いても踏んづけてしまう。

「ミラ、ちょっと」

「あ、ユラン。今呼びに行く所だった、シーナの国王陛下が挨拶にいらしてるんだけど、対応を頼みたい」

「後で話がある。クローディアに報告するかはお前が決めろ」

「了解」

話の早い同僚の存在というのは有難い。呼びに行く所だった、という事は、ユランが何処にいたのか分かっているという事。誰と居たかを知っているという事。ユランの出自と、話していた相手を見れば、会話の内容なんて推して知るべしだ。

(ギアに頼んで正解だったな)

腹立たしいけれど、ヴィオレットの安全には代えられまい。舌打ちは脳内だけに留《とど》め、頼りになる友人、その父に会うべく、身形を整えた。

第十一話　愛しの

クローディアは清らかな男だ。正しく美しい人間だ。王として国を背負うには向かない資質と捉える者は少なくない。ユランに甘言を弄した者達は、クローディアのそういう部分を理解していたから、クローディアではなくユランを使おうと思った。

金眼で無いから駄目だ、金眼が生まれるまで子を成せなど、あれは烈火の如く怒るだろう。ロゼットを想う夫として、そして、金眼だから捨てられた異母弟《ユラン》を慮《おもんぱか》って。

綺麗な人間だ。傍らに居ればいやでも理解させられる。クローディアは綺麗に生まれて綺麗に育った。国が求める、国民が期待する、清廉な王になるだろう。あの老公達も、クローディアの清い部分に難色を示しながらも、それを失って欲しくは無いのだ。彼をそう育んだのは、他ならぬこの国なのだから。ならば、その息子もありのまま受け入れれば良いのにと思うけれど、そんな柔軟さがあればユランは捨てられていない。

「――って事だから。後はそっちで何とかしろ」
「はー……想像してた中で割と悪い方が当たった」
「俺の想像した中では一番マシだった」
「俺ユランのそういう所ちょっと怖い」
「俺はこれを悪い方って言えるお前の能天気さにゾッとする」

パーティーが成功に終わり、多忙な日々も漸く一段落したとソファに沈み込んだミラへ、雑談と同じトーンで語られた内容は、今日一日の疲労より余程重くミラの体に圧し掛かった。

クローディアの子が男児であった事、でも紫の眼だった事。この数ヶ月、ミラとクローディアの頭を悩ませたのはその二つ。勿論、二人にとって生まれてきた子はどんな容姿であろうと愛すべき命だ。性別も目の色も何だって良かったし、生まれてすぐの時はロゼットに似た美しい瞳を心から称《たた》えた。

しかしその感動が現実に溶けると、直面したのは古い妄信だ。金色の目。最早信じる者の方が少ないだろう、王と黄金の結び付き。当然クローディアもミラも、金眼でなければ王に在らずなんて欠片も思っていない。

しかし、関係無いと断じてしまうには、まつわる悲劇を知り過ぎていた。

「俺は王になる気も、子を作って渡す気も無い。俺がやるくらいならあいつにやらせる」

「誰もやらないしやらせないよ。人身売買と同じじゃないか」

「知ってる、俺がされたからな」

「……だよね」


既になされた後ではハードルがぐんと下がってしまう。ユランという前例がいて、その当人は表面上健全に育ち、ある意味、愚かな人身御供《ひとみごくう》の成功例となってしまった。そのつるりと輝く瞳の奥にどれだけの傷が隠れているかなんて、愚者は想像もしない。


「一先ずはお前に任せる。クローディアへの報告も含めてな。どういう対応をしようと勝手だが、こっちに被害が及んだら容赦はしない」

「分かってる……むしろ猶予を貰えた事に驚いてるよ。お前の子って事は、ヴィオレット嬢の子になる訳だろう？　問答無用で消されても不思議じゃない」

「……さあな」

純粋な疑問を投げられて、はぐらかす文言も浮かばずに顔を逸らすしか出来なかった。自分でも不思議だったから。

今も昔も変わらず軽んじられ煩わしくは思ったが、怒りと呼べる程の感情は湧かなかった。ユランの子という事は、ヴィオレットの子を、金眼であったら寄越《よこ》せと言われたのに。

子に興味が無いからかとも思ったが、ヴィオレットが生んだ、彼女の遺伝子を継ぐ存在がその他と同列であるはずが無い。

ヴィオレットが育み、命を懸けて生み落とす生命。ヴィオレットが愛する我が子。

「……あぁ、なるほど」

「ん？」

「いや、何でも無い。漸く大仕事が終わったんだ、暫くは定刻に帰る」

「あぁ、はいはい……分かってるよ。むしろ休みを取っても良いんだよ？」

「とりあえず老害共の件が落ち着くまでは休まん。何されるか分かったもんじゃない」

「了解。出来るだけ早く結果出すよ」

「遅かったら俺が手を下すだけだが」

「洒落にならないからほんと止めて」

第十二話　自由

想像してみた。この一年で見てきたロゼットに、ヴィオレットを重ねて。

薄い腹が少しずつ膨らんでゆく。青い顔で寝込み、過眠になったり不眠になったり、味覚が変わって食べたり食べられなかったり。丸くなったお腹を撫でて微笑み、どちらに似るのか予想してみたり。どうか健やかに、生まれ育ってくれと、願う。

そんな妊婦を想像した。首から上だけは、どうしても描く事が出来なかった。


「ユラン！　おかえりなさい」

「ただいま。このやり取り、久しぶりだぁ……」

「ずっと忙しくしていたし、痩せたんじゃないかってギアとも話していたのよ」

「うーん、ご飯はちゃんと食べてたんだけど、それ以上に仕事してたからかなぁ」

「本当にお疲れ様」

あぁ、なんて至福の時間なのか。勝手に緩む頬をそのままに、柔らかな笑みで話すヴィオレットを眺めた。きっと自分も同じ様な顔をしている。寝顔を眺める時間だってちゃんと幸せだったけれど、声が聴きたい視界に入りたいという欲求が満たされる訳では無い。

「夕食は食べた？　あ、でもお風呂が先かな。足が痛かったりしたらマッサージ……」

「夕飯はまだよ、一緒に食べようと思って。お風呂もマッサージも、ユランの方が必要よ。今日まで働きづめで、ゆっくり休まなくちゃ」

「俺は大丈夫。ヴィオちゃんとの時間が無いのは辛かったけど、仕事は別に」

「駄目です。働き過ぎるとシスイみたいになっちゃうわ」

「俺別に仕事好きって訳じゃないよー」

「尚更駄目よ」

口元に手を添えてクスクス笑う姿に憂いは見当たらない。その事にホッとして、ギアに護衛を頼んだ己の目は正しかったと自賛した。あれに礼を言うのは何とも癪だが、ヴィオレットの安全が守られたなら、多少の不快感など安いもの。人を寄せ付けないという意味で、ギア程優れた護衛は居ないのだから。

「今日のパーティー、とっても素敵だったわ」
「ありがとう。お披露目とお祝いの会だから盛大にしたけど、疲れたでしょう？　ロゼット妃には近付けなかっただろうし……」
「元々今日は話せないだろうなって思ってたから。落ち着いたらどちらかの屋敷で会う事になっているの」

互いの痕跡を愛でるだけだった時間を取り戻すべく、取り止めの無い話をした。食事中はこれ美味しいと笑い合って、やっぱり久しぶりのパーティーは疲れたと自室のソファへ沈み込み、マリンが淹《い》れた紅茶を飲みながら、最近のお気に入りなのだと温《ぬく》もりに息を吐く。二人でゆっくりゆっくりしたい事話したい事を消化していった。
山を作っていた望みは解け、最後に残るのは、互いに触れ方を探っていた柔い部分。

「ね、ヴィオちゃん」

優しい空気だけが漂い、触れれば温もりが返ってくる。怖がる事では無いけれど、どうしても強張ってしまうのは、過って爪を立ててしまう可能性への怯えだ。

「俺ね、どちらでも良いよ」

委《ゆだ》ねる事が重しになるのか翼になるのか、羽搏《はばた》いて欲しいのか縛り付けたいのか。未来の話をする時の力加減は、いつまで経っても分からないままだ。

第十三話　愛の矛先

　もっと重く、苦しく、辛くなると思っていた。自分だけでなくユランも、少し悲しそうに笑って未来を語るのだろうと。女に生まれた者の義務なのだから、血を繋ぐ、責務があるのだから。

　それが、どうだ。甘い紅茶の香りに包まれ、優しい笑みを浮かべる彼は、何一つ選択を迫らない。ただ全部、全部、委ねられている。良い悪い、はい、いいえ。その一つも口にせず、ヴィオレットの言葉を待っている。

「……分からないの」

「うん」

「要らないなんて、思わないわ。それは絶対に違う。この腕に抱いたら、きっと幸せだって、分かるのに」

「うん」

「なのに、どうして。一つも想像が出来ないの……？」

ロゼットが子を抱いて笑っていた。その姿に夢を重ねられたら、それだけで頷けた。欲しいとか要らないとか難しく考えずに済んだ。あの柔い存在を腕に抱いて、ユランと笑い合う未来を描けたら、どんなに幸せだろうって。

薄い腹が少しずつ膨らんで、吐き気や貧血、時には苛立って涙が出たり、どうか健康で、どうか無事にと願う。何処かで見た、良くある幸せの象徴に、どうしたって当てはまらない。母と呼ばれるその人は、どうしても己の顔をして笑ってはくれない。

「要らないなんてあり得ない、産みたくないなんて思わない。でも、どうしても、欲しいと願う事が出来ない。愛してる、想像が、出来ない」

誰かが大きなお腹を撫でる。誰かがしわくちゃな赤ん坊を抱く。誰かが幼子の髪を梳《す》く。

誰かが、誰かが、だれかが。私では無い、誰かが。顔の無い女が、顔の無い子に愛を注ぐ。

傍らに居る男性は誰だ。背の高い、茶色い髪をした、顔の無い男。

死が二人を分かつまで、病める時も健やかなる時も、共に生きようと誓った。ユランを幸せにするのはヴィオレットで、ユランはヴィオレットを幸せにしてくれる。互いに誓い合った愛は生涯違《たが》える事は無い。

愛し愛され、夫婦になった。なのにどうしても、家族になる想像だけが出来ない。

「子供は、愛の結晶なんかじゃ無いから」

「え……」

「それを知っているからだよ。ヴィオちゃんも、俺も」

恋をし、愛し合い、夫婦になり、二人の愛が命を得て誕生する。子供は無条件で愛を注がれ幸せとして育まれる。それが当たり前で、持たずに生まれる方が可笑しくて。だからきっと私も、愛を抱くはずだと思っていた。抱けるのだと、思ってた。

「ヴィオちゃん、俺はね。俺はきっと、俺の子だったら愛せないよ」

緩やかに流れる川の様な、穏やかな声だった。誰も傷付けない優しい音で、剝き出しになった心を語る。その姿は諦めを知った青年の様で、何も持たない少年の様で、誰からも捨てられた赤ん坊だった。

「俺は誰も好きじゃない。俺の事も好きじゃない。だから俺の子だって、好きにはなれない。興味が持てない。俺はヴィオちゃんしか好きじゃないから、ヴィオちゃん以外愛せないから、他は全部どうでも良いから。ヴィオちゃんの子じゃないと、愛せないよ」

ユランが金眼の子を成し、クローディア達に献上する。馬鹿馬鹿しいと思った、したきゃ本人にさせればいい。何よりあの時、ユランは相手をヴィオレットで想像出来なかったから。ヴィオレット以外との子など要らない。

では、ヴィオレットとの子であればどうなのか。彼女との間に出来た金色の目の男の子。いつかの自分と同じ様に、知らぬ大人に手を引かれて、別の人間として生きていく。

そんな事になったら、ヴィオレットは悲しむだろう。きっと泣いてしまう、手放した己を責めるかも知れない。そんなの駄目だ、ヴィオレットの子を、他の誰かに奪われるなんて、絶対に、駄目だと思った。ヴィオレットが悲しむなんて、絶対に認めない。

では、悲しまないのなら？　ヴィオレットが、手放したいと思ったら？

ならいっか。そうやって簡単に手を放し、忘れてしまえる。忘れる想像が出来てしまった。

「だから、本当に、どちらでも良いんだ。ヴィオちゃんが望んだ子なら、それだけで大切だけど、ヴィオちゃんがいらないなら俺にとっても必要無い」

第十四話　レモネード

込み上げる感情に、何と名付けるのが正解なのか。泣きたい様な笑いたい様な、全身を預けて沈んでしまいたくなる衝動を、人は何と呼ぶのだろう。堕落か依存か、妄執か。そういう病と、呼ばれるのだろうか。

ヴィオレットにとって、この病こそが、真実の愛だ。


「後継ぎの事は、どうするの……？」

「分家があるんじゃないかなぁ？　俺は交流無いから知らないけど、もし居なかったらどっかから引き取れば良いよ。血筋は俺が入った時点で途絶えてるし」

「産んでも、愛せなかったら」

「代わりに愛してくれる人がいるよ」

「私、母親を知らないわ」

「奇遇だね、俺も」

「あの人みたいに、なってしまうかも」


ぽろぽろと転がり落ちた水滴が手の甲で弾ける。一つ二つと、涙と共に噴き出した記憶は、どれも歪んだ女の顔。赤い赤い、赤い人。運命の糸と同じ色をした目に息の根を止められるかと思った。頬を撫でる手が、包み込む体温が、吐き気を催す程に気持ち悪くて。ヴィオレットの知る家族の形は、親子は、母親は。

「大丈夫だよ」


頬を撫でる手の大きさも、少し低めの体温も、向けられる視線も。

面影が剝がれ、目の前で笑う人が映し出される。鼻先が触れそうな距離で輝く金色の中で、かつて少年だった女が泣いていた。

「俺達は愛され方を知らないけど、愛し方も、大切にし方も、ちゃんと分かってる」

それは全部、ユランから教わった事。大切に出来なかった、壊す事しか思い浮かばなかったヴィオレットを、ただ慈しんでくれたから、知ったやり方。
指先を重ね、手を繋ぎ、腕を組んで、胸にしまい込む。ゆっくりゆっくり、ユランの存在がヴィオレットに馴染む様に、時間を掛けて溶かしてくれたから。溺れるのでは無く、自ら沈みゆく様に恋が出来た。

「選択肢は選んだからって消えたりしない。今日選ばなかった方を明日選ぶ事だって、同じ方を選び続けたって、ヴィオちゃんの自由なんだから」

大粒の真珠が零れ落ち、頬を伝い顎から滴って、ユランの膝に吸い込まれる。
小さな世界で守られて、注がれる幸せを、ただ口を開けて待っているのだと思っていた。ユランを幸せにすると大口を叩いた癖に、実際幸せになったのは自分だけなのではないかと。不安もあったんだろう、神に永遠を誓っても、人は簡単に裏切るから。雛鳥《ひなどり》の様に口を開けて待っているだけの人間を、ユランが永遠に想い続けてくれるのか、なんて。

――なんて、愚かな。

「……そっか」

愛し合う二人の間に子が生まれる事は有ろう。繁栄の理由の一つだ。そして二人きりで生涯を終える事も、決して無情の結末では無い。子を望む事が、愛情の証明にはならない。

ユランとの間に生まれる存在を見たく無い訳でもない。もしかしたらいつか宿るかも知れないし、一生芽吹かないかも知れない。望んでいない、でも要らない訳でもない。結局その時が来るまで、何も定まりはしないんだろう。

それで良い。家族を知らぬ己が家族を想像出来ないのは当然で、子が生まれる事がユランの幸せだなんて、あまりにも浅はかな考えだ。


「ふふ、顔真っ赤だ。タオル持って来ようか」

「大丈夫、そこまでじゃないわ。頭が少しぼーっとするけど」

「それ大丈夫って言わないよ。冷たい飲み物に変えようか」

「ありがとう。最近シスイが新しいシロップを作ってくれてね、とっても美味しいのよ」

「へぇ……今度はどんなの？　前は桃の甘いやつだったよね」

「今回のはユランも飲み易いんじゃないかしら、甘酸っぱいレモンシロップだから」

第十五話　雪解けを見た

ラディアと名付けられた王子様は、周囲の愛情と思惑を受けながらすくすくと育ち、寝返りからはいはい、つかまり立ちとその成長で国中を楽しませている。クローディアやミラが心配していた古い貴族の考えは未だ払拭出来ていないが、最近はユランも手を貸していると聞く。金色信者が一掃される日も夢では無い。

あまり強引な手を使う事にはクローディアが難色を示すので時間は掛かるだろうけれど、金の目を持たずに生まれた王子様が、自らの立場と未来を理解するまでには、きっと。

「まさかユラン様が手を貸してくれるなんて思ってもいませんでしたけれど……ヴィオ様が理由でしたら納得です」

「私も知らなかったわ。彼、仕事の話はしないから」

「聞いて楽しいものではありませんからね。私も仕事の一環だから知っているだけで、クローディア様から話される事は無いですし」

「ロゼットは公務があるものね……ちゃんとお休みは取れてるの？」

「ラディアが居るので、ある程度は。あの子の世話と言ってもぐずったらあやすくらいで、食事や着替えはして貰ってますし」

「なら、良いけれど。無理をしては駄目よ？」

「ふふ、ありがとうございます。こうしてヴィオ様のお家に遊びに来られるくらいには自由な時間も頂けてますし、沢山の方の手も借りられていますから、大丈夫ですよ」

　透明なグラスの中で、鮮やかな黄色が輝く。シュワシュワと立ち上る泡が果肉の表面を撫でて、外気に触れるとぱちんと弾けた。硝子《ガラス》にぶつかる氷の音と、甘酸っぱい爽やかな香り。いつかの夜、ユランともこうして飲んだレモネード。

「これ、とっても美味しいですね。水やお湯で割っても美味しそうです」

「でしょう？　こればかり飲んでしまうんだけど、糖分は少し控える様に言われてしまったのよね」

「まぁ……私はむしろ低血糖症状があったので、色んな所にブドウ糖を忍ばせてました」

「そう言えば手紙で言っていたわね。読み返してみると色々参考になって助かってるわ」

「お役に立てたなら何よりです。報告を頂いた時は驚きましたけど、本当に喜ばしい限りです」

嫋《たお》やかに微笑むロゼットは、すっかり母の顔になった。女性は妊娠出産で顔付きに変化があるというけれど、自分も既に何処か変わっているのだろうか。今までの服装が少しだけきつく感じる様になったお腹に手を置いても、肉付きが良くなった様にしか感じられないけれど。

この柔い皮膚の下で、ヴィオレットでは無い命が脈打っている。

「ご懐妊、おめでとうございます。ヴィオレット様」

「……ありがとう。まだ全然現実味が無いのだけれど」

「そんなものです。私も未だに親になった実感が薄いですし」

ラディア生誕祭から一ヶ月程経った頃、ヴィオレットの妊娠が分かった。つまりあの夜には既に命が宿っていたという事だ。むしろあの頃感じていた漠然とした不安や恐怖は、ホルモンバランスの乱れによって増幅された所もあったのだろう。

「でもまさか料理長が真っ先に気付いていたなんて」

「シスイさん、でしたっけ。妊娠による食の変化は確かにありますけれど、それだけで気付いたんですか？」

「そうみたい。私は食が変わってる自覚なんて無かったんだけれど」

「ヴィオ様の事、良く見ていらっしゃるんですね」

「そうねぇ……小さい時からずっとお世話になってる人だけど、そういう変化に敏《さと》いとは思ってなかったのよ」


料理に対してはとても繊細で丁寧だが、他の事に関しては大雑把《おおざっぱ》が服を着て歩いている様な男だ。主人であるユランに対しても、ヴァーハンに居た時と変わらず『ヴィオレットの年下の幼馴染《おさななじみ》相手』の態度で接し、未だ坊ちゃんと呼んでは食育に励んでいる。ユランが気にする素振りを見せないのでヴィオレットも苦言を呈するつもりはないけれど、豪快なのか無頓着なのか。そんな男がヴィオレットの妊娠に誰よりも早く気付くなんて、ユランが驚きと悔しさで何とも言えない表情になっていた。

「食に対してはストイック過ぎる程ストイックだし、味覚の変化で気が付いたのはらしいと言えばらしいけれど」

「凄いですねぇ……」

「お医者様に診断してもらってから振り返ったら、確かに多少の変化はあったけれど、どれも微々たるものだったの。目に見えて変わったのはその後ね」

「つわりですか」

「ええ。私は吐くより食べる方が強かったから、腕の振るいがいはあったんじゃないかしら」

「体重は大丈夫そうですか？」

「何とか……ギリギリね」

「うふふ、最後の方は食べても食べなくても増えますよー」


久しぶりのお茶会という事もあり会話の花は満開で、いつの間にかグラスの中の氷は全部溶けて、透明だった硝子は染み出した様な結露で曇り空を描いていた。キャラキャラと侍女の腕の中で笑っていたラディアのぐずる直前の様な声が聞こえて、二人は初めて時計に目を向ける。針よりも先に窓の先で橙に染まる空が物語っていた。

「もうこんな時間だったんですね……そろそろ失礼します」
「遅くまでごめんなさい。とっても楽しかったわ」
「こちらこそ、久しぶりにお会い出来て嬉しかったです」

名残惜しさと、ヴィオレットの身体への思いやりで、ゆっくりとした足取りとなった玄関への道。ロゼットを見送る為に開いた扉の先で、一台の車がエントランスで停車する。運転手が開いた扉から降りた長い脚、すらりと伸びた背筋。氷塊の様な美しさを纏《まと》う貌《かお》が、ゆっくりとロゼットを、その奥に居るヴィオレットを捉えた。

「ヴィオちゃん、ただいま。ロゼット妃は今お帰りですか？」

氷解は一瞬。トロリと形を変えた眼差しは、当然の様に一人だけに注がれる。

「ユラン、おかえりなさい」
「お邪魔していました。丁度今お暇《いとま》しようと」
「そうですか。お気を付けて、また是非いらして下さいね」

台本でも読んでいるかの様な抑揚の薄さで別れを告げて、さっさとヴィオレットの隣を陣取ったユランの視界に、ロゼットは収まっているのだろうか。流石に居ない者として扱われはしないが、ユランの意識がヴィオレットだけに注がれているのは見なくとも分かる。

相も変わらず、ロゼットに声を掛けたあの日から、その目も耳も、人生丸ごとヴィオレット一人の為にある男だ。何一つ譲らずに貫き通した末、遂に望みの人を手中に握り込む事が出来た。あの日ロゼットが垣間《かいま》見た執着と強欲は、今も変わらずユランを形作っている。芯の部分は変わらないし変われない。

「体は平気？　寒くない？」

「大丈夫。むしろちょっと暑いくらいなの」

「そっかぁ……でも体冷やすのは駄目だもんね」

「少し火照《ほて》ってるくらいだから平気よ」

飼い主の足元に纏わり付く子犬の様に、ヴィオレットの傍で視線をうろつかせる。張り詰めて、強張って、誰も彼も、己すらも嫌っていた少年が。死の気配すら纏っていた男が。何処にでもいる、最愛の妻が心配でならない夫の姿で微笑む。

その空間が、何よりも二人の幸せを物語っていた。

第十六話　ブルースターの花束

ロゼットを見送り、室内へと戻った二人は、夕飯の時間を待つ為に談話室に向かった。向かったというか、ユランがヴィオレットの後ろを付いて来ただけなのだが。

妊娠が発覚してから、ユランは前にも増して過保護になった。本当はおはようからお休みまでベッドにいて欲しいし、着替えも食事も全部俺がしてあげたい。そう告げる目は冗談には見えなかった。現実的に無理だから諦めただけで、本心ではあるのだろう。

とはいえ十割を諦めただけで、六割程は叶えるつもりであるらしい。帰宅時間を早め、家にいる時は隣にくっ付き、幼い頃から鍛え抜いたヴィオレットへの観察眼を遺憾なく発揮して。気が付けばヴィオレットは、ユランが居る間ほとんど動く必要が無い生活を送っていた。

「ユランも疲れているんだから、部屋で休んで来たらどう？」

「ん？　ヴィオちゃん疲れたの？　部屋まで運ぶ？」

「私じゃなくて貴方の話よ」

「俺は大丈夫だよー」

「嘘。昨日も私が眠った後仕事してたでしょう」

「あ、ごめん、起こしちゃった……？」

「お手洗いの時に気付いたの。ユランは無理をしていても顔に出ないんだもの」


むすんと膨れた頬は怒っている事を示しているのに、肝心のユランは微笑ましいとばかりに表情を緩めている。言って聞く人で無い事は長い付き合いの中で把握済みだ。ユランが自身を大切にしない事も、する必要がないと思っている事も。

それが辛かった事もあったし、そう告げた事もあるけれど、どう訴えてもユランは『ヴィオレットがいやがるから』としか改善しようとしない。そしてそういう理由で改善しても、結局根本的な変化は無い事も。

だからもう、考えるのは止めた。ユランに大切に出来ないなら、ヴィオレットが大事にすれば良い。幸いヴィオレットはユランを甘やかすのに長《た》けているから。幼馴染としても、恋人としても、妻としても。感情が重いのはお互い様なのだから、いっそ全力で互いを労《いた》われば補い合える。

「もう……ほら、こっちに来て」

「え？　わっ……」

くん、と袖を引っ張れば体は簡単に傾いて、慌てたユランがヴィオレットの背中に腕を回す。沈んでしまえば、大きなソファに二人、すっぽりと収まった。押し倒させる形に誘導しても、彼は絶対にヴィオレットを押し潰さない。その信頼に応えたユランは、背もたれとは逆の方に横たわる。間違ってもヴィオレットが転がり落ちない様に。向き合った目線は同じ高さで、何だか新鮮だ。共に眠っても、腕の中にしまい込まれて、見上げる事の方が多かった。

「どうしたの……？」

「一人で眠れない寂しがり屋さん、一緒にお休みしましょう」

「むぅ……」

背中に伸ばした手で、ぽんぽんとリズムを刻めば、むくれた様な、でもちょっと眠たそうな声を漏らした。分け合う体温は高いから、やっぱり寝不足だったんだろう。とろりとろりと重くなった瞼によって太陽が徐々に沈んでゆく。

「ふふ……おやすみ、ユラン」
「ん……」

長い睫毛が影を作り、小さな寝息が聞こえ出した。すぅすぅと微かな呼吸音で上下する胸に体を寄せて、触れた部分で鼓動を感じた。この体にあるのと同じ物が今、自分の体内で作られている。人を生かす心臓、血液、骨、皮膚。その全てにユランの遺伝子が混じっていて、この腹の中でヴィオレットとユランの欠片達が長い時間を掛けて一つの命になろうとしている。生命は神秘と言うけれど、全くその通りだ。己の体の中で何が起こっているのか、きっと切り開いて見た所で理解出来ない。

ユランの背に回していた手を、まだ柔らかさの残っている腹に当ててみる。子の存在を知ってから何度も行った。これといった感慨も無く、丸さの増した体の変化を実感するだけの行為。

妊娠が分かっても、母の顔は空白のままだった。想像の中の家族はずっとのっぺらぼうのままで、欲しいとかいらないとかの感情すら分からないまま。

ただ——見てみたいとは、思った。

愛と呼ぶには無責任で、他人事みたいな興味。見てみたいから、産もうと思った。芽生えるか分からない愛情よりも、今確かに抱いている好奇心に従おうと決めた。

どんな顔なんだろう、どんな声なんだろう。目の色は金色かな、髪の色は灰色かな。どっちに似るんだろう、性別は。

「早く、君に会いたいわ」

ゆるりと撫でた掌に、小さな鼓動を感じた気がした。

beloved loss

初めて見た時から好きだった。この人と結ばれる為に生まれたんだと直感した。

氷柱《つらら》の様に伸びた背筋と、鋭い眼差し。遠目に見ても美しい男。私だけでなく、会場中の女が欲の孕んだ視線を向けている。存在感が違った。周囲の全てが彼を際立たせる為にある様に、一人だけが鮮明だった。

彼が欲しい。いや、彼は私の物だ。

私はこの人の為に生まれてきたのだから。彼も、そうであるべきだ。

※※※

父は、国の為に生まれ、国の為に生き、国の為に死ぬ、自らをそう運命付けた人だった。彼が愛しているのは国だけで、国の為に母を選び、私を作った人だった。彼は国の僕《しもべ》であり、厄介にも、貴族は皆そうであるべきだと信じている人だった。

母はそんな父を尊敬していたらしいけれど、権力と財力しか取り柄の無かった父を生涯愛せる者は、それこそ父と同じ国の信者だけだ。愛すれば愛されたいと思うのは当然で、絶対にこちらを振り返る事の無い父と母の夫婦仲が破綻するのはあまりにも当然過ぎる結末で、物語だったら駄作の烙印《らくいん》を押されている。

当然の様に愛人を連れ込む母と、国にしか興味の無い父。私を育てたのは沢山居る使用人の誰かで、毎日代わる代わる誰かが世話をして居た気がする。今日はお姉さん、今日はおじさん、今日はまた別のおじさん。幼い私は執事服とメイド服が両親なのだと勘違いしていた。間違ってパパママと呼んだ人も居た気がする、顔も覚えていないけれど。

父は嫌いじゃ無いし、母も嫌いじゃ無い。有り余る金で好き勝手に過ごせた。それが己の実力ではない事くらい知っていたが、彼らに育まれずとも不自由せずに生きてこられたから。時折感じていた寂しさだって、お金をばらまけばいとも容易く埋まる。両親でも埋められたかも知れないが、彼らが居ないのだから仕方がない。

欲しい物は知らぬ間に掌にあった。求めずとも与えられた。そういう風に生まれたし、そういう風に育った。愛してと言えば愛された。

「ねぇお父様、私、あの人が欲しいわ」

これで貴方は、私の物。

※※※

美しい男の名は、オールドと言った。名前まで美しい。近くで見る瞳は一層鋭く磨き上げられ、抜き身の刃《やいば》を思わせる。触れたらこの皮膚を裂くのだろうか。その危うさが強さの様でまた惹かれる。

薄い灰色の髪と瞳。あぁ、色まで刃の様だ。誰も触れられない高潔な剣の様だ。美しい、美しい！

「これからよろしくね、オールド」

「……よろしく、お願い致します」

あぁ、手に入った。いや、戻って来たのか。彼は私の物であるべきなのだから、私の許こそが在るべき場所。

しかし、まさか結婚出来るなんて。正直、彼が父を納得させるだけの人だとは思っていなかった。将来お父様が選んだ相手と結婚する覚悟はしていたし、オールドは愛人にするしか無いだろうと思っていたのに。やっぱり、私達は結ばれるべき運命なのだ。私達は、愛し合う為に生まれてきたのだ。世界がそれを祝福している！

貴方も私が好きよね。愛しているわよね。私もよ。あぁ、愛している。貴方だけが好き、貴方だけを愛してる。


貴方、だけを、愛しているの。

※※※

結婚式はどんなのにしようか、とってもとっても迷ったの。本当は二人きりでしたかった。だってこんなに素敵な貴方を、誰にも見せたくなかったんだもの。美しい人、愛しい人、誰もが貴方を好きになる。私が愛した人なのだから、当然、世界一素敵な男。

でも、それが許せない。私の為に生まれた貴方を、他の誰かが想うなんて。オールドを想って良いのは私だけなのに。私だけの、愛しい人なのに。この気持ちを、貴方は分かってくれるかしら。いいえ、きっと彼も同じ様に苦しい想いをしているはず。私はオールドしか愛していないし、彼だって私しか愛していないと分かっている。それでも渦巻く感情は、独占欲ってやつなのだろう。貴方に独占されるなら喜んで、私達が居れば、世界はそれで完璧だ。

でも貴方は父の跡を継いで、公爵家の当主となる人。色んな人と顔を合わせて、これからの仕事を少しでもやり易くしなければ。国を支えた父の人脈は不足なく引き継がねば勿《もっ》体《たい》無い。私だって父の子、きちんと弁えている。

でもね、父の娘であると同時に、貴方の妻だから。愛する人を独占したい気持ちがあるのだって、当然よね。

愛しているから、仕方ないわよね。

※※※

あぁやっぱり、彼への視線には熱がある。どいつもこいつも、私という運命を前にして、それでも卑しく彼へ手を伸ばそうとする。滑稽だわ。オールドは私の夫、私だけを愛しているのに。その視線、その想いに、意味なんて無いのに。

ええ、気持ちは理解出来るの。彼が美しいのも、魅力的なのも、私が誰より知っているんだから。でもね、とっても不快だわ。汚らわしい女の視線に、私の宝物が晒されているなんて。汚い汚い、汚い！

オールドは優しいから、とっても紳士的だから、振り払う事が出来ないのでしょう。女に恥を掻かせてはいけないと、どんなに気持ち悪くても笑顔で応じる事しか出来ない。なんて素晴らしい人、なんて慈悲深い人。貴方のその優しさは美しいわ。

だから、私が。

※※※

オールドが怒る。もう止めろと、どうしてこんな事をするんだと。

優しい貴方は、自業自得で傷付く人にまで心を寄せる。

ええ、ええ。変わらず美しい貴方。その優しさはとっても素敵、でもね、あの子達は理解していないの。貴方の優しさを隙として狙っているの。分かるでしょう、あの視線、あの声、あの態度。挨拶だなんて言い訳だわ。夫が居るからって油断しては駄目。どうか分かって。優しい貴方は、誰も傷付けたくないのでしょうけれど、目の前で泣く人を放っておけないのでしょうけれど、それは貴方の為にならないの。

ねぇ、どうか、分かって。

※※※

分かってない、分かってない、分かってない。どうして、分かってくれないの！
私の行動は全てオールドの為だと、どうして分かってくれないの。
貴方を守れるのは私だけだから。身の程を弁えず貴方に想いを寄せるなんて真似、させてはいけない。貴方を想って良いのは私だけ、貴方が想って良いのも私だけ。だって運命なんだから。私達は、お互いだけを、愛さなければいけないの。

ねぇ、そうでしょう。

※※※

「誰と居たの」

「仕事だ」
「嘘、本当は女の所に居たんでしょ！」

全部全部知っている。彼の傍に居る女の事。名前も容姿も年齢も、今日何処で何をして何を話して、笑い合っていた事。どうして、私は連れて行ってくれないのに、私ではない女を隣に立たせて笑えるなんて、そんなの可笑しい。貴方は私の運命、私達はお互いの為に生まれてきた。だから貴方は、私だけを愛してる、私だけを想ってる。優しいのも紳士的なのも、私だけが知っているべきでしょう。貴方の美しさは、私だけの。

ねぇ、愛してるって言ってよ。

※ ※ ※

ほらやっぱり、私達は運命。

※ ※ ※

腕に抱く重み、それだけで愛おしい。まだ目も開かぬ柔い存在は、私とオールドの愛の結晶だ。私達の愛が目に見える形でこの腕に舞い降りてくれた。なんて美しい、なんて素晴らしい。私達は愛し合っている。私の愛は通じている。私は間違っていなかった。

もしかしたら彼は、私の行動が、彼への不信からくるものだと思っていたのだろうか。想いを向けられたらそっちに行く様な男だと。だからあんなに怒って、止めろと声を荒げていたのか。あぁ、なんだ、そうか。己が愛を疑われたと、そう思っていたのか。違う。彼の愛を疑ったのではなく、彼を私から奪えると欠片でも思われる事が我慢ならなかったのだ。

互いに想い合うからこそ起きてしまった擦れ違い。私も言葉が足りなかった。愛しているからこその行動であるのだと、ちゃんと説明出来ていなかった。帰ってきたら、話さなければ。

ほら、早く、帰って来て。

※※※

オールドが帰って来ない。娘の名は父が付けた。母が枯らした菫《すみれ》を見て、これで良いだろうとヴィオレットになった。

丸い目も柔らかい髪も薄い灰色。オールドの昔の写真に瓜二つの顔がそこにあって、誰が見てもオールドの子だとすぐに分かる、美しい赤子。私達の愛の結晶。私が彼に愛されている証明。誰にも触らせない、私の宝物。これさえあれば、彼は私の許に帰って来る。私への愛を、私の愛を、思い出す。貴方は私を愛している、私だけを愛している。私しか、愛してはいけないのだと。

腕の中できゃらきゃらと笑う赤ん坊に、胸の奥が温かくなった。


あぁ、本当に、彼にそっくり。

※※※

オールドは帰って来ない。子が生まれたのだと聞いた。

そんなはず無い。だって彼は私を愛していて、私だけを愛していて。他の誰も愛してはいけないのに。私だけが想われる、私だけが想える人なのに。私達は運命なのに。

私だけが、私だけの、私の為に生まれてきた人なのに！

「おかーたま？」

まあるい目が、私を見る。薄い灰色。彼と同じ色。幼いオールドと良く似た、美しく愛らしい子供。似ている？　いや、同じだ。彼と同じ顔、同じ髪、同じ目。あぁ、でも髪の長さが違う。切れば良いのか。呼び方も違う、それも変えれば良い。そうすればこの子は、オールドと同じになる。

「……なぁんだ」

ここにいたのね、オールド。

※※※

オールドが帰って来た！　私の許に！　私の為に生まれてきてくれた！

まだ身体は小さいけれど、これから成長するわ。写真と何度見比べても全く同じ、知識は今から少しずつ、傷だってこれから作れば良い。大丈夫、見える所も見えない所も、私が全部覚えている。

あぁ素敵、素晴らしい。彼はやっぱり私だけの人。私だけを愛する為に生まれ直してくれたのだ。他の誰かを愛した過去をやり直してくれるのだ。なんて深い愛なのだろう。私も貴方を愛しているから、どれだけ時間が掛かっても待てるわ。間違ってお母様なんて呼んでも、何度だって教えてあげる。

さぁ、私を呼んで。

※※※

またオールドが居なくなってしまった。折角作り直していたのに、失敗した。彼は帰って来ない。彼が居ないと食事も喉を通らない。ねぇ、だから会いに来て。貴方が居ないと、私は生きていけない。

貴方も、そうであるはずでしょう？

※※※

心臓がゆっくり止まっていくのが分かる。木枯《こが》らしに揺れる枝とそう変わらない腕は、もう持ち上げる事すら億劫だ。誰かの声が聞こえる、オールドの物では無いからどうでも良い。彼は何処《どこ》だ。どうしてここに居ないの。

愛しているの。貴方の為に生まれてきたの。私、貴方の為に生きてきたの。愛しているわ、心から、貴方以外誰も要らないわ。ねぇ、だから。

「……オ、ルド」

私を、愛して。

elena fiction

初めて見た時から好きだった。この人と結ばれる為に生まれたんだと直感した。

氷柱の様に伸びた背筋と、鋭い眼差し。遠目に見ても美しい男。私だけで無く、会場中の女が欲の孕んだ視線を向けている。存在感が違った。周囲の全てが彼を際立たせる為にある様に、一人だけが鮮明だった。

私はこの人の為に生まれてきた。だからきっと彼もそう。

私達、幸せになる為に生まれてきたのね。

※　※　※

両親が亡くなったのは、私が働き始めてすぐの事だ。私は一人で家業を続ける事になった。貴族御用達《ごようたし》なんて仰々しい看板を引っ提げてはいたが、結局の所は街の花屋。時折来るパーティー会場への運搬と搬入以外はのんびりとしたものだ。残された家と伝手《つて》を使えば、女一人食うに困る事も無い。毎日花を眺めぼんやり生きる。平和だけれど退屈な日々だった。

平凡な人生だった。運命の人と出会うまでは。

搬入作業の途中、見掛けた人。薄い灰色の髪と目がとっても素敵で、おとぎ話の王子様よりも強く冷たく、そして何より美しい男。ひと目で恋に落ちた。私の人生は彼と出会う為にあったのだと確信した。これまでの選択肢は彼に出会う為の道筋であったのだと。彼と出会う為に花屋を継いだ。彼と添い遂げる為に独身だった。彼の子を産む為に女に生まれた。

あぁ、私は、なんて幸せなんだろう。赤い糸に導かれ、運命の相手に出会った。今日程神に感謝した事は無い。神は私を祝福している。

「待っていてね、運命の人」

私が貴方に辿り着くまで。

※※※

彼の名はオールドと言うらしい。名前まで美しいなんて、私の運命の人は本当に完璧だ。仕事も出来て、今度公爵家の一人娘と結婚するそうだ。そんな凄い家柄の人にまで見初《みそ》められるとは、私も何だか鼻が高い。しかも跡を継いで次期当主になるんだとか。

欠点なんて何処にも無いんじゃないか。何処までも素晴らしい私の運命の相手。あぁ、私も早く貴方に愛されたい。

彼を見つけたその日から、私は彼に近付くべくあらゆる手を尽くした。幾ら運命とはいえ、ただの花屋の女では釣り合わない。素敵な彼には素敵な女性を。その為にはお金が幾らあっても足りないし、彼に接触する為の身分だって。彼の傍に行く為の足が必要だった。彼はまだ私の存在に気が付いていないから、先に気が付いた私の方から視界に入ってあげないと。

両親の残してくれた伝手がこんな所でも役に立つとは。やっぱり私達は世界に祝福されている。神が、私達を結び付けようとしている。

「エレファ、何を見ているんだい？」

「ふふ、秘密です」

皺の多い顔で私を見る人は、政の中枢に居る男だという。

ただの花屋の娘では届かない、ならば、彼に届く人を伝って行けば良い。貴族御用達の看板は仰々しいけれど、嘘では無い。実際沢山の尊い方々がうちの店を利用してくれている。丁寧で誠実な仕事をしていれば、昔からの信頼が勝手に私の評価を上げてくれた。

後は少しずつ、彼らの心の隙間を突けば良い。笑顔で話を聞き、望んでいる答えを与えるだけの簡単な作業。時には励まし時には寄り添い、時には厳しい意見をする。相手によって態度は変えず、反応を変えるだけ。そうして信頼されたら、今度はこちらが小さな不安を零す。

まだ若く、美しい女が、両親の残した家業を継いで一人頑張っている。いつも寄り添い、励まし、時には助言もしてくれる優しい娘が、抱え切れない不安を漏らした。自分なら簡単に拭ってやれる程度の翳《かげ》りを見せた。いつも支えて貰っているから、今度は自分が。そう思わせれば相手は更に私への信頼と親密度を深める。そんな循環。

男を狙った訳では無かったが、私の顔は女性相手よりも男性相手に一層の効果を発揮した。愛人なんて呼ばれる事もあったが、彼らにとって私は神聖な、一種の聖域であったらしい。身体を求められる事は無く、話をして、装飾品を貢がれる。向こうから手が伸びないのなら、私が焚き付ける事もない。

何処かの貴族の使用人相手から始まった道だが、彼に届くまでの最短ルートを進んでいる自信があった。今私で人形遊びに興じている男は、彼の一つ下の身分だという。


もうすぐ、会いに行けるわ。

※※※

「初めまして、エレファと申します」

美しく嫋やかに、背筋を伸ばして凛《りん》と立つ。顔は優しく柔く穏やかに。彼が望むのは決して己を傷付けない聖母の様な包容力だ。何を言っても怒らない、何をしても拒否しない。自分の言葉を肯定し、同調してくれる人を求めている。否定されたく無い、叱られたく無い、優しくされたい、労わられたい。

初めて私を視界に入れたオールドは、怯える小動物の様な人だった。傷付き疲れ果てた様子で、身体にずっと力が入っている。こちらを警戒しているけれど、本当はすぐにでも甘やかされたいという欲求が透けている。

抱き締めてあげたい。願うままに甘やかしてあげたい。でもまだ、駄目。求めているものを求められるまま与えたら、彼は満足してしまう。今までは、満足して去って行って貰わねばならなかったけれど、今回は去られては困る。私を求め続け、離したくないと希《こいねが》われなければ。

警戒を解いて心に触れる。優しく甘く、でも何処か物足りない。もう少し、後少し、どうしてどうしてと、焦れて彼から望まれるまで。私はここよ、ほら、手を伸ばして。

さあ、捕《ほら、》まえて《つかまえた》。

※※※

彼の愛人になった。彼には奥様が居るのだから、私が愛人になるのは当然だろう。出来れば奥様にご挨拶したかったけれど、普通の妻は夫の愛人に会いたくは無いらしい。オールドも奥様と私を会わせたく無いみたいで、住まいも別で用意してくれた。オールドはほとんど私と一緒に生活しているから、奥様は寂しがっている事だろう。時折義理のお父様に言われて戻っているけれど、それも夜だけで一泊もしない。真夜中に石鹸《せっけん》の香りを纏い帰って来る。

奥様と会った後の彼は、何だか辛そうだ。私を抱き締め、何度も謝る時だってある。本妻に出来ない事を悔いているみたいだけれど、私は全然気にしていないのに。私は貴方を構成する全てを愛しているのだから、当然、貴方の奥様だって愛しているのよ。でも彼は奥様がお好きじゃないみたいだから、寄り添って共に悲しんであげないと。

少しして、奥様が懐妊された。何処か解放された様に感じたのは、気のせいでは無いだろう。彼の義父の望みは跡継ぎだった。彼はその願いを叶えた。オールドが本邸に戻る事はほぼ皆無になった。屋敷の管理の為に月に数分顔を出すだけで、後は私と共に別邸で生活している。

奥様も妊娠中は心細いだろう、生まれて来る子も心配だと帰宅を進めてみたが、助産師に全て任せているらしかった。折角の彼の子が流れては勿体無いと思ったけれど、プロがサポートしてくれるなら大丈夫だろう。生まれた子は、彼によく似た女の子だったそうだ。

良いな、私も欲しい。

※　※　※

私が彼の子を産んだのは、その翌年の事だ。遂に彼はひと時も本邸に帰らなくなり、私をずっと傍で支えてくれた。つわりの時もお腹が大きくなって動くのが困難になった時も。一緒に子供の物を選んでいる時間は、この上無く幸せだった。

生まれてきた子は、白髪に鮮やかな青い目をした女の子だった。私にそっくりで、オールドにはあまり似ていない。少し残念だった。奥様に子供を交換して貰おうかとも思ったけれど、オールドがとっても嬉しそうだったから、この子でも良いかと思った。どちらも彼の子である事に変わり無い、ならばどちらも愛しい子だ。私に似ているけれどオールドの遺伝子が宿っているというのも、感慨深くはあるのだから。

娘はメアリージュンと名付けられた。私は愛人だから私生児となってしまったし、貴族社会に入れる訳にもいかない。メアリーは平民としての人生を歩む事になった。

社交界へ出向く事は出来ないけれど、それだけだ。そちらは奥様と長女が請け負ってくれている。オールドは私とメアリーをそちら側に迎えたいらしかったけれど、正妻と正式な長女が居るのに愛人家族に出る幕は無い。オールドは不満そうだったが、私もメアリーも幸せで、理想通りの生活と言って良い。愛する人と可愛い我が子、三人何不自由無く暮らせている。このまま一生、この幸せが続くのだと思っていた。

彼の奥様が、亡くなった。

※※※

私がそれを聞いたのは、奥様が亡くなってから幾日も経った頃だった。既に葬儀も終わり、あの大きな本邸には長女が一人で住んでいるという。

「そんな……あぁ、なんて事」

「エレファ……」

これ程悲しかったのは、生まれて初めてだった。両親をいっぺんに失った時よりもずっと重く苦しく、涙が留まる事無く流れて行く。私を抱き締めるオールドの腕に縋り、子供の様にえんえんと泣きじゃくった。

なんて悲しい、なんて苦しい、なんて辛い。オールドの一部が、無くなってしまった。彼と共に過ごした、彼の子を産んだ、彼を構成していたものが、死んでしまった。失われてしまった。あぁこんな事なら、亡くなる前に聞いておけばよかった。貴女と居た彼が、一体どんなだったかを。

「……エレファ、俺は、君を妻に迎え入れたいと思っている」

涙に溺れそうになる私に、オールドが囁いた。それは彼にとって、一等の愛の証《あかし》であった。彼が私とメアリーを本当の家族にと望んでくれていたのは知っている。それが叶わず歯痒い思いをしていた事も。

失われた部分を惜しむ気持ちは、まだ当然残っている。でも嘆いた所で、それはもう戻って来ない。ならば切り替えて、前を向いた方が健全だ。何より、彼女は素晴らしい宝を残してくれたじゃないか。

「オールド……勿論よ。妻として、母として、私が貴方を支えていくわ」

これで漸く、ヴィオレットの母になれる。

※　※　※

初めて対面するヴィオレットは、確かにオールドに良く似ていた。薄い灰色の髪と目、鋭い目つき、思わず引き寄せられる美貌と色香。私が思い描いていた『オールドとの娘』そのもの。私は歓喜した。

警戒と諦念、少しの恐怖。ヴィオレットは複雑な表情をしていたけれど、それも当然だと思う。私達はずっと一人の男を共有してきたが、顔を合わせるのは今日が初めてなのだから。オールドは私達を接近させたがらなかったし、彼の決定に異を唱えようとは思わない。けれどやっぱり、メアリーと交換しておけばよかったと、少しだけ惜しむ気持ちになった。

でもまぁ、焦る必要は無い。私達はもう家族なのだし、私は彼女の母になったのだから。心置きなく理想の娘を愛でる事が出来ると、ワクワクしていたのに。

まさかオールドに、ヴィオレットへの接近を渋られるとは。

どうやら彼は前妻に加えその娘であるヴィオレットの事も好んでいないらしかった。こんなにもオールドに似ているのに、似ているからこそ嫌なのだと。それならば仕方が無いけれど。見れば見る程似ていて、幼い頃の写真なんか更にそっくりで、出来る事なら一日中その顔を眺めていたいくらい、素晴らしい出来だというのに。

あぁ、なんて勿体無い。

※※※

オールドが久しぶりに義父に呼ばれたらしい。元義父というべきかも知れないが、オールドはもうヴァーハン家当主として彼の跡を継いでいる。未だ発言権の強い義父とオールドの関係がどうなっているのか、政に疎い身では把握し切れていない。けれど、そもそも私が知るべき事でも無いだろう。オールドの血を引くメアリーは兎も角、私はどうしたって貴族の世界に入れはしないのだから。

オールドの居ない家は寂しかったけれど、ヴィオレットが居る。当然彼本人には及ばないが、彼女を見ているだけでも私の心は尽きぬ愛で満ちていく。オールドの居ぬ間にと開いたお茶会は、本当に有意義なものだった。見れば見る程理想的な姿。オールドに良く似た、彼の娘。

やっぱり、彼女の方が欲しい。

※※※

彼が予定よりも早く帰宅した日、我が家は大きく変化した。メアリーはオールドを避ける様になったし、彼も疲れ果てた様子で食欲が無いらしい。何より、ヴィオレットが家を出て行ったまま戻らない。

何故、どうして。捜しに行こうという私を制止したのはオールドだ。見た事の無い怒りを爆発させ、ヴィオレットの部屋を壊そうとした所で、我が家のコックに抑え込まれてしまった。そう言えばヴィオレットの侍女も居ない。何があったのか問うても誰も答えないし、メアリーもオールドも沈んだまま。

私の楽園は、一夜にしてその色を変えた。太陽の下、花々が咲き誇る理想郷であったはずが、今では嵐が過ぎ去った後。薙ぎ払われた花弁が舞い散る真夜中の月下、見るも無残に荒れ果てている。

どうすれば良いのだろうか。オールドに寄り添い支えてあげたいけれど、何があったのかも分からないまま不用意に声は掛けられない。貴方は悪くないわと言ってあげたいが、彼の憂いがメアリーであったなら逆効果だ。オールドは本当に、メアリーを愛しているんだから。勿論私だって、メアリーは最愛の娘であるけれど。

選ぶなら、ヴィオレットが良いわよね。

※※※

ヴィオレットが婚約し、家を出る事になった。メアリーでは駄目らしい。

理想の娘を手放さなければならないのはとっても残念だったけれど、駄目ならば仕方が無い。メアリーは残っているし、最愛のオールドが傍に居る。どうやらオールドはメアリーの方が良いらしいので、結果的にはこれで良かったのかもしれない。ヴィオレットは惜しいが、オールドの気持ちが一番大切だ。

「オールド、どうかしたの？」
「いや……」

三人家族になり、別邸の時と同じ生活は何だか懐かしかった。彼を見付けてもうすぐ二十年。私の気持ちは欠片も変わっていない。むしろ彼への愛は日毎増すばかりで、きっと彼も同じ気持ち。

メアリーも直にお嫁に出る。そしたらまた二人きり。そう言えば割と早い段階でメアリーを身籠ったから、二人きりというのは実はあまり無い。何より夫婦として過ごす二人だけの時間は初めてだ。

どれだけ長く共に居ようと、全てを見てきた訳では無い。前妻との間の事もそうだし、ヴィオレットの事で怒りを露わにした時もそう。メアリーと喧嘩したのも初めて見たし、あんなに焦った姿もこれまで見た事が無かった。きっとまだ沢山、見た事のないオールドを知ってゆくんだろう。もう既に一つ。

貴方って、青い顔も素敵なのね。

old junk

何処で間違ったのだろうか。俺の人生は、一体何処から。

全てが順調であった訳では無い。何もかも思い通りという訳にはいかなかったし、才能があった訳でもないからいつだって必死に努力してきた。選ばれる人間になる為に、選ばれた先できちんと力を発揮出来る様に。

期待に応えてきた。期待以上の結果だって出した。選ばれた立場に居る人間として、望まれるものをきちんと、与えてきたはずだった。

俺の、何がいけなかったのだろうか。

※※※

人生には様々な転機がある。運命と言っても良い。それはいつも、無意識に選んだ後で気が付く。そして大抵が、手遅れになった後なのだ。

俺の人生の転機。一つ目が正にそれだった。そもそも、俺には選択肢すら無い。濁流へ飲み込まれる様にして、俺の運命は決定付けられていた。


「これからよろしくね、オールド」


真っ赤な目に射抜かれる。それは死神の鎌を思わせる曲線を描き、胸を圧迫する甘ったるい猫撫で声も合わさると、死刑宣告でもされている気分になる。

派手でわざとらしい女。それがベルローズの第一印象。美しい顔立ちをしているとは思ったが、それだけだ。初対面の挨拶を済ませる間もなく婚約なんて、事態は当事者の俺を置き去りにして進んでいった。政略結婚、それも俺にとって一生に一度と言えるチャンス。公爵家の一人娘に見初められた俺は、きっとそこで人生の運を全て使い切ったのだ。

恋はなくとも愛は生まれる。少しずつ家族になれればなんて、悠長に構えていた俺が悪いのだろうか。初めましてと同時に婚約した相手を、好きになれないのはおかしい事だろうか。あぁでも、少なくともベルローズの方は俺を強く強く、本当に強く愛していたらしい。その想いに応えられなかった事は、少しの間申し訳なく思っていた。ほんの僅か、瞬きする間に、罪悪感は嫌悪感に変わっていたけれど。

ベルローズは、俺に近付く女性全員に牙を剝いた。それはそれは獰猛《どうもう》で、一度噛み付かれたら根こそぎ食い千切られる様な力で。使用人も、同僚の妻も、果てにはただ挨拶しただけの人にまで。公爵家の一人娘が振るう武器の威力は、大抵の人間にとって瀕死の重傷をもたらす。止めてくれと何度頼んでも、治まるどころか増すばかりで。全ては俺の為、俺への愛なのだと謳う。

少しずつひび割れて行く。家族という枠組み、育むはずだった愛が。ぼろぼろと破片が落ちる、亀裂が走る。最後の一撃は一体何だったのか、それすら思い出せないくらいに、俺の常識や道徳はサンドバッグとなり役目を終えた。

もう無理だ、どうしたって、俺は彼女を愛せない。

エレファとの出会いは、ベルローズに疲れ切った俺にとってオアシスを見付けた様に思えた。いつだって優しく、穏やかに、ただ受け止めてくれる聖母の様な女性。天使の様な笑顔で、女神の様な心根で。

この出会いは運命だ。俺は彼女を愛する為にいるんだと、本気で思っていた。ずっとずっと、俺にとってエレファは地上の楽園で。彼女への愛が増せば増す程、ベルローズへの嫌悪は憎悪へと姿を変えて。

顔も見たくない、声も聞きたくない、指一本触れたくない。俺が愛しているのはエレファだ。触れるのも触れられるのも、彼女だけであるべきだ。この腕に抱く温もりは、エレファの体温だけで良かったのだ。

義父の言葉さえ無ければ、俺はベルローズに触れたりしなかった。

跡継ぎを作れと。ベルローズとの間に子を成せと。性別は問わない、どちらでも使い道はあるからと。耳にした時は唇を噛み切り、吐き出したくなる呪詛を飲み込むのに必死だった。エレファという妾を許しているのだから、最低限の義務を果たせと、そう言われている気がした。国に対して真摯に向き合う男は、個人の人権など眼中に無いらしい。王にすら進言出来る義父に、婿に入っただけの俺が何を言えるというのか。ただでさえエレファを囲う事を見逃して貰っているのに。

断腸の思いだった。日数を計算して、子を成す為だけに会い、眠る事無く愛する者の待つ別邸に帰る。こんな現実を抱え切れず、エレファに謝る事しか出来無い己の惨めさといったらない。ベルローズの妊娠を聞いた時は、漸く解放されるという安堵しかなかった。
生まれてくる子を憐れには思う。しかし、あれの血が流れる赤子を、この腕に抱きたいとは思えなかった。無事に生まれてくれればそれで良い、それで俺の義務は終わり。それだけを願っていた。

生まれてきた女児は、腹立たしい程俺に似ていた。

髪も目も、肌の色も唇の形も。幼い頃の自分を見ている様で。その体内に、ベルローズの遺伝子が組み込まれているかと思うと、僅かながらにあったはずの子への愛は圧倒的な嫌悪感で押し流される。
顔も見たくない、声も聞きたくない、指一本触れたくない。その対象は子が生まれた事で二人に増えた。ベルローズが赤子を溺愛していると伝え聞けば、その気持ちは更に強く、硬く。揺るがぬ怨恨となり俺を巡る。ただ嫌うだけでは、この思いを表す事は出来ない。
どうか傷付いてくれ、どうか悲しみ苦しみ、泣いて許しを乞うような人生を。俺にとって初めての娘——ヴィオレットは、もう『子供』ですら無かった。

そして俺の許に天使が舞い降りる。

エレファによく似た、愛らしい純白の天使が。

最愛の娘にはメアリージュンと名付けた。そういえば、ヴィオレットはいつ名が付いたのか、それすら俺にとってはどうでも良かった。

愛しい天使、愛する女神。二人がいれば俺の人生は幸福に満ちていたし、ヴィオレットが居ればベルローズだって満足だろう。別邸という住処《すみか》と、エレファが愛人に追いやられている現実だけは唾棄すべきものがあったが、それでも俺は幸せだった。

ベルローズが死んだと聞いた時、俺はもっと幸せになれると思った。

ベルローズが居なくなれば、エレファを妻に出来る。義父がどう出るか分からないが、ヴァーハン家に未婚の女性はいないはずだ。既に当主の座は俺に渡って久しい。今でも多大な権力を有する義父ではあるが、俺に寡夫を強制する権利は無い。

ベルローズの葬儀は義父が滞り無く進めたらしい。全てが事後報告であった事は少々不服だったが、再婚の許可は何の問題もなく貰えたので良しとしよう。

これでようやく、エレファ達と家族になれる。メアリーの父になれる。彼女達に最上級の生活と教育を与えてやれる。

ベルローズの訃報を告げた時、エレファは涙を流した。子供の様に泣きじゃくり、嘆き、俺達を引き裂いて来た女の死を悼んでいた。何と清い女であろう。身も心も美しい。俺の目に狂いは無かった、彼女こそ、俺が生涯をかけて幸せにするべき人だ。

美しく優しい妻。愛らしく聡明《そうめい》な娘。仕事も家庭も何一つ問題が無い、最高に理想的な生活。誰もが羨む、完璧な家族。この幸せが一生続くのだと、欠片も疑っていなかった。

俺は、何処で、何を間違ったのだろう。

坂道を転がる雪玉の様に、小さな問題がいつの間にか手に負えない災害となって襲い掛かって来る。いつから転がっていたのか、防げなかった一つ目以降、俺の人生の転機は何処にあったのか。

雪玉の過ぎ去った道には踏み潰されたオアシスがある。愛しの聖母、最愛の天使、思い描いていた明るい未来。そのどれもが見る影も無い。聖母の顔をした魔女が笑い、羽根を捥《も》がれた天使が横たわる。

エレファの笑顔がベルローズに重なったその日から、俺は幸福の全てを失った。エレファの望む娘は居ない。メアリーは、ヴァーハンに連なる血筋の誰かに嫁ぐ事になるだろう。

愛が芽生えてくれればと願うけれど、彼女はもう、選択する事すら許されない。

エレファとの幸せな夫婦生活。メアリーの順風満帆な学園生活。いつか彼女が誰かと恋に落ち、バージンロードを共に歩く日。思い描いていた未来は、どれもこれも鍵が掛かって開かない。

鍵《ヴィオレット》はもう、何処にも居ない。

mary journal

私の人生には幸福しか無い。困難に直面したら、優しい誰かが助けてくれる。私も誰かを助けたいし、そういう優しさで、世界は溢れているはず。

それは確かに正しかった。あまりにも、痛みを知らぬ正しさだった。

誰かの涙を拭いたくて振るった優しさが、刃になる可能性すら知らぬ、愛が優しさだけで出来ていると信じた赤子の愚かさで、私は大切な人の一番柔く脆《もろ》い場所を叩き潰した。

美しく整えられた私の世界。愛だけで構成された箱庭の中で、私は、私の背後の出来事を何一つ知らずに愛を騙っていた。

※※※

姉が居ると知ったのはいつだったか。きっと存在は昔から知っていた。ただ一度も姿を見た事が無いから、私にとってお姉様は、初めましてをしたあの日突然生まれた人だった。

美しい女性。視界に入っただけで全ての感覚を持っていかれる様な、そういう雰囲気を纏っている。温かさより冷たさを、柔さより硬さを感じさせる、氷の彫刻の様な美貌を携えた人だと思った。父に良く似ている。鋭い目つきなんか、私とは正反対で。丸くて子供っぽい私とは似ても似つかない。半分は同じ血が流れているはずなのに、きっと並んだって、誰も姉妹だとは思わない。

あまりにも違うから、急速に憧れた。遠くに手を伸ばす様に、ただその背を求めた。見れば見る程に美しい姿が、あまりに印象的だった。人が宝石に目を奪われる気持ちが理解出来た気がした。

お姉様と呼べる事が幸せだった。理由無く隣に並ぶ権利を貰えたのだと、勘違いした。何も知らない癖に、何も教えていないくせに、お互い知らない事は無いのだと思い上がった。姉妹という言葉に甘え切っていた。

私は何も知らない。突き付けられた現実は、あまりに鋭く私を抉《えぐ》る。

笑う人が楽しんでいるとは限らない。言葉通りの事を考えているとも限らない。愛を尊ぶ口で人を詰れるし、笑顔で刃を向ける事だって出来る。優しい人が、優しいままで居る事は、当然でも簡単でもない。

大好きで、かっこ良くて、美しいお姉様。私の振り翳すものの危うさを教えてくれた。向かうべき方向を示してくれた。その背を追い掛けて行けばいいのだと、私は、甘えた。示されたなら考えなければならなかった、意味を知らねばならなかった。いつだって、導かれる方には答えがあったから。いつだって目の前にぶら下がっている答えに従えば優しい世界に浸っていられた。

優しい父が用意してくれた、私の為の優しい世界。なんて幸せなんだろう。なんて、素晴らしい世界だろう。見渡す限り美しい箱庭。当然だ。父が、美しい物だけを選別してくれていたんだから。尖った物も鋭いものも、重い物や硬い物すら入っていない、そういう小さな箱の中で、大事に大事に愛された。

お姉様もそうだって、思ってたの。あの日まで、本当に、何一つ疑問を持たなかった。

鮮烈な殺意を持って笑うユラン君が示した道は、進む度に棘《とげ》が食い込む茨の道だった。痛みで身じろぎすると、それでまた傷が増える様な、痛みの為に存在する場所。進みたくなかったのは、棘が痛かったからだけじゃない。一歩進む度、この先にある答えを知るのが怖い。引き返して、知らぬままにしてしまいたい。そうすれば私はまだ、父をお父様と呼んでいられる。お父様を愛し愛される娘でいられる。

私は家族を愛している。祝福の下に生まれ落ち、愛を注がれ育つ。それが家族の形、在るべき、当然の姿。家族こそが私の幸せの象徴で、いつか両親の様な恋をして、愛する人との子を抱き眠るのだと、疑いもせず信じてきた。

大好きなお姉様の手で粉々に砕かれるまで、私は無神経な希望を振《ふ》り撒《ま》いていた。

お姉様、私は、あなたを愛し愛されたかった。そんな家族になりたかった。

私達なら、お父様と、お母様と、お姉様と私なら、世界一素敵な家族になれるって、信じていたんです。可笑しいですよね、どうして、私達が受け入れる側なんだろう。

お姉様のお母様の事も忘れて、お姉様一人捨て置いた事も忘れて、都合良く家族にしてあげる、なんて。なんて、傲慢なんだろう。私達がすべき事は、お姉様を待つ事だった。

お姉様が良いよって言うまで、ただジッと、受け入れて貰える日を待つ事だったのに。

私達は間違えた。私も、父も、母も。全部、初めから間違っていた。ごめんなさいと謝る時期すら越えて、私達はもう、交われない所まで誤った。

「メアリー……迎えが来たよ」

「ありがとうございます」

少しやつれた様に見える父の顔に、鼻の奥がツンと痛くなった。用意していたトランクを手にして大きく息を吸う。泣く訳にはいかない。泣く理由は、一つも無いはずだ。

お姉様、私、お嫁に行くんです。ヴァーハンの遠い血筋だと聞いているから、お姉様の親戚の方の所に。私よりも、お姉様よりも、クローディア様達よりもずっと年上の方で、私よりも母との方が近いかも知れません。一度だけお会いした時は柔和な方の様に思いましたけど、人は顔と口と心で別々の事を考えられるって、今はもう知っています。未来のヴァーハンを担う為に、つまり、政略結婚ですね。少し不安ですけれど、覚悟は決まっています。選択肢は無いのだから、後は私の心次第。

ねえ、お姉様。私、色んな事を知りました。

幸せにだって裏表があって、一面だけで判断出来る程簡単では無い事。

優しさだけでは人は成長しないし、厳しさだけでは潰れてしまう事。

愛はクッションにも毛布にも、時には鞭《むち》にも刃にもなり得る事。心は柔く、儚《はかな》く、決して強くなんて無い事。だからこそ大切にしなければいけない事。そして、強くなくとも弱くも無い事。

箱庭で手入れをされていたメアリーちゃんでいられなくなった私は、真《ま》っ直《す》ぐ歩くだけでもあちこち傷だらけになるんだろう。それが成長であると、今なら分かる。傷だらけでも進まねばならない道があると、もう、知っている。抜けなくなった棘を抱えて、私は歩ける。

美しく整えられていた私の世界。愛だけで構成された箱庭を出て、私は、沢山の血と涙を背負って、生きていく。

Victim

日々が過ぎるのは早い、歳を重ねるごとにそう思っていたが、子を産んでからは更にそれを実感するようになった。


「かーたま」

「ヴァニラ、どうしたの？」

「マリたんどぉこ」

「マリンはお洗濯に……行きたいの？」

「マリたんふわふわちてくれるって」

「ふわふわ……？」

今年三歳を迎える息子・ヴァニラは、小さな手をひらひら上から下へ。舞い落ちる葉の様にも見えるが、ふわふわと言われると首を傾げてしまう。意味を訊《たず》ねたいけれど、ヴィオレットと同じ様に首を傾げてきゃっきゃと笑っている様子を見ると、ふわふわ以上のヒントは得られそうに無い。

最近マリたんと呼べる様になり、ヴァニラ本人はご満悦でマリンの後ろをついて回っているのは知っている。その時に何かしたのかして貰ったのか、どちらにしても、マリンであればヴァニラを危険に晒す事はないだろう。以前ヴァニラが顔から転んだ時は、半分泣きながら飛んで来たのは良い思い出だ。当の本人はマリンの腕の中で目をぱちぱちさせて何が起こったかも良く分かっていない様子だったが。

「そうねぇ……行ってみましょうか」
「あーい」
「でもお仕事の邪魔はしない事」
「あい」

分かっているのかいないのか……恐らくいないのだろうが、返事だけは綺麗に手を空へと伸ばしている。小さな体を抱っこして運ぼうかとも思ったが、最近は抱っこよりふらふらと興味の赴くまま進むのがお気に入りの様で、小さな歩幅の導くままに後ろを付いて回る事が多い。と言っても、室内でしか出来ない事である。庭で放り出そうもんなら、小さな体と旺盛な体力を駆使されて、あっという間に捜索隊の出動だ。

足元でちょこまか動く、薄い灰色を眺める。天使の輪が煌《きら》めく絹の様な髪。目に入らぬ様にと短く切り揃えた毛先が動きに合わせて揺れている。ヴィオレットの後頭部で揺れる馬の尻尾《しっぽ》も、同じ色で、同じ様に揺れている事だろう。

子猫の様なまあるい目、縁取る睫毛、頬の曲線から唇の厚さまで。息子は本当に自分と良く似ている。彼の歳の頃、ヴィオレットは既に少年だったから、余計にそう思えるのだろう。

可愛い息子。ちゃんと愛せている事に安堵したのは、彼が初めて母と呼んだ日だ。無邪気に笑い、手を伸ばすヴァニラに、溢れる涙が止まらなかった。産むまでの不安なんて赤子の育児ですっ飛んでいたから、心の堰堤が思い出した不安と解消された安堵の二撃を防げなかったせいともいえる。

「ばにあ、ふわふわふーってつうの」

「まぁ楽しそう。母様にも教えてね」

「んっ！　ばにあがちてあげうね」

「ふふ、ありがとう」


にぱーと機嫌良く笑うその瞳は、一瞬黄色にも見える。しかし瞬《また》くと暗い様な気もする。灰色がかった黄色い瞳、ヴァニラが遊んでいる砂場と同じ色の目。金色だと唱える者と、混ざり物だと貶《おとし》める者がいるそうだが、屋敷を出ないヴァニラの耳には届いていないし、ユランにもクローディアにも考えがあるそうなので、ヴァニラが外の世界へ出てからも聞かずに済みそうだ。


「マリたーん、ふわふわぁ」

「ヴァニラ様？　どうしてここに……」

「仕事の邪魔してごめんなさい。ヴァニラがマリンと約束か何かしたって……」

「ふわふわつうの」

「ふわふわ……あぁ、これの事ですね。丁度洗う物も無くなったので、使っても大丈夫ですよ」


さっきまで使っていたらしいタライには白い泡がふわふわと震えている。漸くふわふわの意味を理解した。ふわふわの、泡の事であったらしい。興味深そうに指先で突いては、零れ出るシャボン玉を眺めて、また指で突《つ》いてを繰り返している。

「前にシスイさんが食器用洗剤を使っている時に見たそうで。でも流石に食器用の洗剤は触らせられないので、こっちだったら手洗いにも使っている固形石鹸ですから」

「あの子、またシスイの所に行ったのね」

「試作品のおやつが貰えるって覚えちゃったみたいですね。シスイさんは糖分の接種量とか夕飯がちゃんと食べられるサイズとか、色々練って楽しそうですよ」

「まぁ、元々家の食事は全部彼に任せてるし、それは良いんだけど、他の仕事の邪魔にならないかしら」

「ヴィオレット様も似た様な事をしてたから、慣れてるそうです」

「流石にもう少し大きかったわよ」

生家に居た頃はシスイが工夫してくれるまで食事らしい食事をしていなかった。出された物を文句を言わずに口に詰め込む作業の毎日で、母が去ってから吐き出してしまう事も多々。気持ち悪くなるくらい食べたのにお腹が空いてどうしようも無いという二重苦。

その度にシスイがお菓子を作ってくれて、食べたい分だけ食べさせてくれた。幼いヴィオレットにとっては、それが生きる糧だったと言っても過言では無いくらい、毎日母に隠れて彼の足元をうろついていたものである。


「そういうのも似るんでしょうか？」

「どうかしら……シスイが居れば皆そうなるって事かもよ？」

「それもありえますね。後輩がシスイさんのまかないに胃袋を摑まれたと」

「あらあら」

「かーたま、ふーってみててぇ」

「はぁい、ちゃんと見てるわ」


掌に付いた泡を吹くと、子供の吐息ではポロンと地面に落ちるのが精一杯。それでも得意げな息子に拍手を送ると、照れ臭そうに両手で口を押さえていた。手に残った泡でふわふわのひげを作っている。


「こっちにおいで、お顔を拭きましょう」

「いいやよ」

「それはどちらかしら？　そのお口じゃあ、お夕飯が食べられなくなってしまうわ」

「やぁよ！」

「はいはい、ふわふわはこの辺にしましょう。父様ももうすぐ帰って来ますよ」

「とぉたまくる？」

「ええ。ヴァニラのおひげを見たらびっくりしてしまうわ」

　少し強引にハンカチで口元を拭ったが、ヴァニラの興味はもう父の帰宅時間にすり替わったらしい。いつ来るの、今来るのと、かがむヴィオレットの首にしがみ付いて駄々を捏《こ》ねている。

「もうすぐですよ。でもヴァニラ、父様とのお約束は良いの？　お出迎えはお片付けが終わったら」

「おかたちけちたの。ばにあちゃんとちぃた！」

「まぁ凄い。とっても偉いわね。じゃあ手を洗って、お着替えしたら行きましょうか」

「あいっ」

　ぷんぷん怒ったかと思えばすぐに元気良く敬礼して見せる。幼子の機嫌は秋の空なんて可愛らしいものでは無い。一つ一つ丁寧にリアクションをしていては、一日が三倍の長さであっても足りなくなってしまう。

手洗いと着替えが済む前にユランが帰って来るかは正直賭けだが、その対応はその時に考えよう。息子の好奇心が何処で発動するか分からない以上、先々の予定は立てるだけ無駄だと、この三年で身に染みている。


「とぉたまにみてみてちるの」

「そうねぇ、今日はどれにしようかしら」

「みてみてはきあきあなの！」

「キラキラのは昨日着てなかったかしら」

「あるのぉ！」

「じゃあそれにしましょっか。楽しみねぇ」

「ねー」


「……ヴィオレット様、さっきの洗濯で全滅した気が」

「……一緒に来て、お願い」

結果として、道中で予想の三倍、着替えに七倍の時間を要した。キラキラ大戦争を演じた部屋は泥棒でも入ったかの様な有り様で、当然ユランのお出迎えには間に合わず。わざわざもう一度玄関前で待機してもらい、なんとか収める事が出来た。


「とぉたま、ふわふわわちたの」

「ふわふわ……？」

「ばにあ、ふーてできるのよ！」

「そっかぁ、凄いねぇ」

「しろさんなるの。とぉたまびっくりつう？」

「そうだねぇ、びっくりだねぇ」

「ちあう！　びっくりちないの！」

「あれぇ……？」

「ふふ、頑張って」


息子は今日の事を必死に話しているが、ただでさえ滑舌の怪しい幼子のお喋りに、時系列もめちゃくちゃなので、正直な所、一緒にいた身でも割と分からない。必死に頷いているユランには申し訳ないけれど、多分ヴァニラは聞いた単語を繋げているだけで、伝えたい事は無い。しいて言えば、新しく覚えた単語を使いたい、以上。

「ほらヴァニラ、食べ終わったなら歯磨きをしましょう」

「まあだよ」

「シスイのおやつはありませんよ」

「やあ！」

「あら、今日はもう食べたって聞きましたよ。おやつは一回だけ、シスイとお約束しましたね」

「やあの！」

「やでも無いものは無いのよ」


ぴしゃりと言い切ると、一瞬の静寂。しかしヴァニラの目にはふつふつと水分が溜まり、ポロンと一粒溢れると同時に、肺にあった空気が悲鳴となって弾けた。

「やあなのぉ!!!!」

びーびーと泣き喚《わめ》く声が、警報も真っ青の音量で部屋に響き渡る。日に日に音量が上がって聞こえるのは、気のせいでは無いだろう。赤ん坊の時はどれもただの泣き声だったのに、今では涙にも種類を持たせられる様になった。因みに今のは怒っている時のやつだ。

「あれまぁ。俺が食べ終わったらお風呂に連行するねー」

「ありがとう。着替えは後で持って行くわ」

「うん。今日は長いかなー？」

「そうねぇ、途中で寝ちゃうんじゃないかしら」

「あーそうかも。既に泣き疲れ始めてるし」

「ペース配分が下手な所は助かるわ」

「長くて二分くらいしか保《も》たないもんね」

※※※

泣きじゃくった時に予想した通り、ヴァニラはお風呂の中でこっくりこっくり船を漕ぎ始めたらしく、出てくる時にはほとんど寝ているのと同じで。話し掛けると何と無く頷くが、着替えの為に手を上げてと言ってもゆらゆらするだけ。部屋に戻る頃にはすっかり夢の中へと旅立っていた。

「寝付きが良いねぇ」

「夜泣きは大変だったけど、一人寝はスムーズだったわね」

「寝起きも良いしねー。俺と正反対だ」

「そこは私とも似てないわね」

　隣の部屋で眠る我が子を思い、つい声を潜めてしまうのは何故だろう。扉を半分開けているとはいえ、彼を起こしてしまう程の音量は届かないだろうに。

「ヴァニラはヴィオちゃんにほんと良く似てるから、似てない所の方が少ない気がする」

「シスイも言っていたわ。幼い頃の私と同じ行動をしてるって」

「そう言えばあの人、ずっと昔からあの家に居たんだっけ。俺もあのくらいのヴィオちゃん見たかったなぁ」

「ふふ、性格は兎も角、見た目はヴァニラとそっくりよ。髪型とかは拘ってたみたいだけど、それくらい、で……」

　昔の自分を、何故こんなにもはっきりと思い出せるのだろう。ヴァニラと同じくらいの時なんて、物心付いたかどうかの境目だ。事実、シスイに纏わり付いていたのだってもう少し大きい時の記憶だし、それより前の事は、電源が入っていなかったかの様に真っ暗。

一番、古い記憶は。


「……ヴィオちゃん？」

「ッ……あ、ぁ……ごめんなさい、ぼーっとして」

「ううん、大丈夫だよ。何か考え事？」

「いいえそういうんじゃ…………少し、思い出してたの。私の一番古い記憶」

「一番？」

「そう。ユランは覚えてる？」

「うーん……多分、クグルスに来た時とかかなぁ。王への謁見もそのくらいの歳だった気もするけど、順番曖昧なんだよね」

「最年少での謁見だったんじゃない？」

「極秘だったし記録に残してないでしょー」

「まぁ残念。……私は、ヴァニラと同じくらいの歳」


三歳かそこらの、まだ母に甘えたい盛りの幼女が、少年へと作り替えられた日の記憶だ。

「母に、髪を切られた時の事よ」

鋏《はさみ》を持って笑う母の顔を、今でも鮮明に覚えている。あまりの恐怖に漏らしてしまったんじゃなかったか。水溜りに座り込んで泣く娘と、その髪を切りながらご機嫌に鼻歌を歌う母。そして全てを終えると、鏡の前に無理矢理立たされた。

記憶を頼りに父の髪型を模倣しようとしたのだろうが、ずぶの素人《しろうと》にそんな芸当など出来るはずも無い。綺麗な断面が不揃いに重なるざんばらになった髪は、畑で項垂《うなだ》れる案山子《かかし》の方がずっと綺麗だった。涙と鼻水でぐちゃぐちゃになった顔が見える。

息子と同じ顔だった。父と瓜二つと言われた、私が立っていた。

「独り言よ。明日には忘れるわ」

「…………」

「ヴァニラを見てると、時々ゾッとするのよ」

最愛の息子。私に良く似た子。

父に似た、私に似た、男の子。

「――もし今、母が生きてたらって、想像したら」

あの人は必ずヴァニラを奪いに来ただろう。文字通り、どんな手段を使っても。

背筋が凍る、指先からどんどん体温が失われていく。ヴィオレットが解放されたのは、女だったからだ。女として成長したから捨てられた。母の望みを、女のヴィオレットは絶対に叶えられないから。

では、男であったなら。男のヴァニラなら、あの人は。

「分かるのよ。あの人は絶対に父を……望んだだけ愛をくれる『オールド』を作り上げる」

ゾッとするなんてもんじゃ無い。仮にも血の繋がった孫をだなんて倫理は、娘を夫にしようとした時点で既に破綻している。これ幸いにと父は三人家族で幸せに暮らしました……で、閉幕。あまりにも現実味のある想像に、ある種の実体験に、震えすら覚える指先を、大きな手が包み込む。

「でも……同時に安心するのよ」

全身に纏わり付く、筆舌に尽くしがたい嫌悪感。吐き気がした。己に降り掛かった時よりも、何倍何十倍もの不快感に襲われた。

脳裏に過る『もしも』が恐ろしくて堪《たま》らない。けれど、絶対に実現もしない。

「…………良かった」

重い吐息と共に吐かれた言葉、安堵と同じだけ懺悔の色を秘めている。

「あの人が、死んでて良かった……ッ」

何度も思った事のある、でも言ってはいけない、絶対に、口にしてはいけないと、思っていた。それが道徳であり、倫理である。命が尊ばれるのと同じ、死もまた悼まれなければならないもの。分かっている。知っているからこそ、父にも祖父にも非難の念を抱いたのだから。

でも、ヴァニラを見ていると、どうしても思ってしまう。この子を見せられなくて良かった、会わせられなくて良かった。あの人がこの世に居なくて、良かった。

もう誤魔化しようの無い、紛れも無い本音だ。何て非道な人間だと己を責める声は当然ある、でもそれ以上に、ヴァニラが守られた事実の方がずっと大切で。あの子に魔の手が迫るくらいなら、非道の誇りくらい甘んじて受け入れよう。

「独り言よ、明日には、忘れてる」

「……俺も」

「独り言?」

「そ、独り言。俺も同じ事、思ってたよ。ずっと」

ヴィオレットがヴァニラを通して思ったのと同じ事を、ユランはヴィオレットを通して思った事がある。これ以上彼女を傷付けるなという怒りの分、もっとはっきりした殺意を抱いた事が、幾度と無く。

「私達、こういう所似てるわよね」

「だねぇ。でもまぁ、良いんじゃない?」

繋がった手から、触れる腕から、もたれる肩から、体温が移る。分け合う様に、補い合う様に。とくんとくん、二つの心臓から聞こえる一つの心音。微かに感じる鼓動が、ゆっくりと重なっていく。

「夫婦は似ていくって、良く言うじゃない？」

あとがき

お世話になっております、空谷玲奈です。

五巻発売、ありがとうございます。読んで下さる皆様のおかげで、本編を完結まで書く事が出来ました。本当に幸せです。

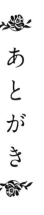

最後のシーンは自分での色々考えていたのですが、結果は読んだ通りになりました。唐突に感じた方もいたかなと迷いもあったのですが、邪魔したくないと俯《うつむ》いていたヴィオレットが、邪魔させないと前を向いた瞬間、ここだなと思いました。互いを幸せの象徴にするのは危《あや》ういけれど、二人には丁度良かったのでしょう。

書きたいと思っていたベルローズ、オールド、エレファにメアリーを含めた四人の視点を書けたのは、とっても楽しかったし、一番書きやすかったです。本編を書いている間ずっと考えていた人達の内面とか今後とか、触れたかった部分にようやく触れる事が出来ました。特にベルローズは、回想以外で出る事もなかったですし、正気の状態を描けて楽しかったです。

ベルローズとエレファは、とってもよく似た二人です。同じ男を好きになっていなければ、親友になれたかもしれません。オールドは二人を正反対だと思っていた様ですが、彼がエレファをきちんと見ていなかった証拠ですね。ヴィオレットやマリンは少し話しただけで察《さっ》しましたし、シスイも勘付いていましたから。

オールドは自分に都合の良すぎる女性に対して警戒心がないというか。ベルローズで疲れていた所に舞い降りた癒しに甘えたくなる気持ちは分かりますが、似た様な女性を引き寄せる所は女難としか言いようがありません。しかしオールドの全てを受け入れ肯定してくれるのは間違いないので、彼の理想通りの奥さんではあります。生涯離れられないので、今後の夫婦生活はオールドの覚悟次第ですね。

メアリーの今後は、個人的には明るい方《ほう》だと思っています。こちらもメアリーの覚悟次第な所がありますが、元々清く美しい子ではあったので、今回の一件で強さが備《そな》わったならば、どこに行っても自らの力で切り拓《ひら》いていけるでしょう。姉と交《まじ》わる道は絶《た》たれましたが、遠く離れた場所で幸せになるのだと思います。

エレファは、きっとこの先もずっと幸せなままでしょう。オールドの何かが損なわれたら泣くでしょうけれど、それだけです。オールドがいるならそれで良い人なので、この先誰かを救う事も害す事もなく生きていくのだと思います。

ユランの実母に関して、この先どこかで書くかもしれないし書かないかもしれないので、ここで少しお話ししておこうかと思います。見た目はユランとそっくりです。ユランが中性的な顔立ちなので、男女の差も少なくパーツだけ見たら瓜二つ。彼女が何故消えたのか。何故ユランを置いていったのか。謎だらけですが、一つはっきりしているのは、籠の中の鳥では居られなかった人だった事ですかね。何不自由ない宝箱生活より、未知なる外へ飛び出す人だった。ユランからすると迷惑な人でしかなかったでしょうけれど。

二人の子供ちゃん、ロゼット達の子供ちゃんも登場しましたね。子供の成長について色々調べたり、色々聞いたり。どのくらい話すのか動くのかは子によって様々なので、子供ちゃん達はいくつくらいに映るのか考えたり。知れば知るほど人体の不思議を感じました。

何となくヴァニラは砂色目のヴィオレット、ラディアは金髪のロゼットという印象です。同級生ですし、仲良くなるんじゃないかなーって勝手に考えたりしてます。一人っ子にするのかお兄ちゃんにするのかはまだ未定ですが、彼らがどんなふうに成長するのかワクワクしています。子世代の番外編もいつかどこかで書けたら良いですね。

クローディアとロゼットの心の変化だったり、番外編と言いつつまだまだ溢《あふ》れて楽しいです。マリンメインだったり、ギアの事も何か書けたらなーと考えたりしてます。

ギアは何だかんだ、作中最強の人物だったかもしれませんね。ユランにとって味方なら良いけど敵なら天敵というか、肉体精神両面で屈強なギアは、ユランの策略を全部無視して我が道を進みます。自由な人間は強いです。

そういう意味ではシスイもギアと似ているタイプですね。二人とも自由人過ぎるというか。育った国の違いでシスイの方がまだ常識的だけど、二人とも自分の心の向く方《ほう》しか見ていません。シスイはそれが料理で、趣味と仕事を兼ねているので問題ないですが、ギアは詰まらんで全部投げ出す豪胆さがある。身一つでも生きていける自信があるというのは、弱点が無いのと同じなので、ユランにとっては厄介この上ないですね。

ギアやシスイの恋も考えたりするのですが、今のところ全然思い付きません……シスイはまだしも、ギアが面白いではなく愛おしいという感情を抱くのか、抱くとしたらどんな子か。好奇心を刺激される相手は居そうですが、恋となると難しいですね。いつもはとっても書きやすい子なのに、恋愛になると一番難しい子です。


学生だったユラン達が親になるなんて、なんだか感慨深いですね。本編だけでも二百話を超えるなんて思っていませんでしたし、二人の未来まで本にして頂けるなんて、夢の様です。見守って下さった皆様には、感謝してもしきれません。
コミックスも既に発売されておりますので、そちらもお楽しみ頂けたら幸いです。小説とは違った魅力が詰まっていて、私も毎回続きを楽しみにしています。既刊同様、書き下ろし小説もございますので、読んで頂けたら嬉しいです。

本当にありがとうございました。
またどこかでお会い出来る日を楽しみにしております。

2024年2月

公爵令嬢、二度目
地味と平

改心する。

今度は絶対に邪魔しませんっ！　5

2024年2月29日　第1刷発行

著者　空谷玲奈《そらたにれいな》

イラスト　はるかわ陽《はる》

本書の内容は、小説投稿サイト「小説家になろう」(https://syosetu.com/)に掲載された作品を加筆修正して再構成したものです。
「小説家になろう」は㈱ヒナプロジェクトの登録商標です。

発行人　石原正康

発行元　株式会社 幻冬舎コミックス
〒151-0051　東京都渋谷区千駄ヶ谷4－9－7
電話 03 (5411) 6431(編集)

発売元　株式会社 幻冬舎
〒151-0051　東京都渋谷区千駄ヶ谷4－9－7
電話 03 (5411) 6222 (営業)
振替 00120-8-767643

デザイン　荒木未来

本文フォーマットデザイン　山田知子 (chicols)

製版　株式会社 二葉企画

印刷・製本所　大日本印刷株式会社

ISBN978-4-344-85377-5 C0093 Printed in Japan
幻冬舎コミックスホームページ https://www.gentosha-comics.net